DINNER
ZONA D'ATRACCIONS
ZONA D'ENTRENAMENT ZÒMBIC
STATION
WC
RIU
CAR CRASH
RESTAURANT
WC
ZOMBI PARK
ENTRADA ZOMBI PARK

Jessica

Patri
Buena suerte
TKM

Sofia
TKM
Te deseo muy buena suerte y que te lo pases muy bien prex.

Eres una persona muy especial

K tengas muchas xurrinmungis
K te lo passen muy bien

Dani
Gracias la unico que se da cuenta

Muchas suerte

Arnau
que passes buenas vacaciones

Patri
Que tengas mucha suerte TKM

Alex
Buena suerte

Aleksandra
I ♡ you

Albert
K te lo pases muy bien y hasta el insti

Raquel
Que te vaya superbien!!
GUAPA!! ♡

Victor
Buenas vacaciones y suerte.

Buena Suerte!

Luis
Suerte en el insti!!

Nerea
Que te vaya bien el insti

Aitana
Que tengas mucha suerte!

El temps passa. Aprofita'l.
Gaudeix de la vida "a sorbitos".
Enric

ZONA ZOMBI

Que et vagi genial
perquè ho mereixes!

Que aconsegueixis
tot allò que et
proposis! :)
MariBel

Direcció editorial:
Departament d'edicions GELV

Direcció d'art:
Departament d'imatge i disseny GELV

Disseny de coberta:
Elisenda Nogué (Metagràfica)

Edició:
Àrea de publicacions de literatura infantil i juvenil

Coordinació de producció i maquetació:
Àrea R+D de suports editorials GELV

Primera edició: octubre de 2012

Impressió:
Edelvives Talleres Gráficos. Certificat ISO 9001
Imprès a Saragossa, Espanya

ISBN: 978-84-479-2537-7
Dipòsit Legal: B. 24504-2012

ZONA ZOMBI

Atrapat al Zombi Park

Peter Walker

Il·lustracions Bié

BAULA

LA FAMÍLIA RIGAU

En Joan Rigau, el pare d'en Max, és un home estressat que necessita tranquil·litat. Ningú no li ha explicat que a Morisville hi ha zombis.

La Cinta, que era la mar de feliç a ciutat, ara intenta assumir que viuen en un poble envoltat de zombis. L'Hèrcules, el gos, encara no ho sap.

En Max és un noi valent que fa una setmana que viu a Morisville i ja ha ajudat a capturar un professor zombi. Vol ser membre de la Colla AZ.

LA COLLA AZ

En Charles Cummings és fill d'un expert caçazombis. Gran estrateg i cap de la Colla AZ. L'anomenen *comandant*.

La Thaís Cummings és cosina d'en Charles. Li encanta llegir llibres de sociolingüística zombi.

La Paula és una noia molt àgil i forta. Destaca per la seva velocitat i per l'habilitat en el llançament de fletxes, amb arc o amb ballesta.

En Biel és mandrós i panxacontent. Sembla que no sàpiga fer res, però en realitat té diversos poders, misteriosos i molt útils.

A la meva dona, que m'ha ajudat
a sobreviure entre zombis.

A Zac Gordon, que em va entrenar
per lluitar en condicions extremes.

Anteriorment a «Zona Zombi»...

En Max Rigau vivia feliç a ciutat amb el seu gos, els pares, els avis i els amics fins que, un dia, es van haver de traslladar a MORISVILLE, un poble aïllat i gairebé incomunicat d'ALTA MUNTANYA. Tot plegat perquè en Joan, el pare, estava molt estressat i necessitava refer la salut.
En Max hi va trobar una realitat peculiar: presències estranyes al bosc; MURALLES; edificis nous i vells dins la vila; una casa antiga i en obres que és on havien de viure; assignatures rares a l'escola... També va conèixer la Thaís, la veïna, i gràcies a ella, tots els membres de la COLLA AZ («AntiZombi»). Va ser llavors quan va saber el gran secret del poble: Morisville era terra de ZOMBIS, i la Colla AZ s'encarregava, igual que les altres Divisions AZ, de capturar-los. En Max en va voler formar part, però en Charles, el cap de la Colla, s'hi va negar; només li va permetre participar en la captura del senyor Falla, el profe de mates convertit en zombi.
La intervenció d'en Max, poc afortunada al final, va fer que en Charles l'engegués a dida, però el nouvingut va decidir continuar LLUITANT per ser acceptat a la Colla. A més, la Thaís i en Biel van intuir que en Max era especial: alguna cosa el feia DIFERENT dels altres... però què?

La Colla AZ

No es diu perquè no interessa que se sàpiga, no volen que s'estengui el pànic, però el món és ple de criatures infernals, de depredadors que et volen mossegar, que se't volen menjar. I si t'atrapen, ja has begut oli, no hi ha escapatòria.
Te'n pots trobar un el dia que menys t'ho esperis, a qualsevol racó del món, a punt per escometre't. Hi són. A prop. T'esperen.
El camí de les nostres vides és ple d'enigmes per resoldre, de paranys i de perills, de monstres imaginaris, però també de monstres de veritat.
Per sort, hi ha gent experta que els combat i que pot salvar la humanitat de l'extinció. Sense ells, estaríem perduts. La Colla AZ n'és un exemple.
El món viu al marge d'aquesta realitat, però tu ara ja ho saps. Acabes d'entrar en una nova dimensió, la ZONA ZOMBI. *Vigila, hi pots quedar atrapat.*

L'autor

1

QUÈ HI FAIG, JO, AQUÍ?!

En Max estava sol al final d'una **ESPLANADA**, en plena **nit**, davant d'una porta metàl·lica. De sobte, entre la sonsònia dels grills es va sentir el «**CREC**» d'una branqueta partida no gaire lluny. El noi va mirar enrere, cap a la foscor, i va enfocar el bosc amb la llanterna.

DOS ULLS VERMELLS l'observaven i sabia de qui eren: la profe de Medi, una **ZOMBI** en fase 2, **forta**, **ràpida**, **rabiüda** i més afamada que els *hobbles*, de fase 1. I tenia la seva presa allà davant, a l'abast, tendríssima...

El noi es va afanyar a treure la clau de la butxaca, però li va caure a terra i la zombi, **IL·LUSIONADA**, va arrencar a *córrer*. En Max es va ajupir de pressa, va buscar la clau espasmòdicament, amb les mans

tremoloses, la va trobar, es va aixecar i la va ficar al pany. Va obrir la porta i la va tancar en l'últim moment. En Max va avançar de costat, atordit, va caure a terra, hi va quedar mal assegut, respirant de pressa, i va enfocar la porta amb la llanterna. Llavors va sentir el **CRIT** esgarrifós de la zombi i el xoc violent del seu cos contra la porta. Després, un instant de pausa i, de nou, el **MONSTRE** escometent la porta, donant-hi cops amb insistència.

En Max va **RESPIRAR FONDO**, la morta vivent no hi podia entrar. Ara estava segur, però li havia anat d'un pèl.

Li va passar pel cap una pregunta: «Però, què hi faig, jo, aquí?!», que va derivar en un «per què?» que va prendre un munt de formes. Per què insistia a voler ser membre de la Colla AZ? Per què no podia ser com molts nois i noies del poble, que tot i que sabien la **VERITAT** miraven cap a un altre costat sense implicar-s'hi directament? Per què sentia dins seu aquell impuls estrany d'ajudar la gent de **Morisville** en una qüestió que no li anava ni li venia, de participar en una AVENTURA que no li pertocava? Per què, de fet, el destí havia portat la seva família a viure precisament a Morisville en comptes d'un altre poble semblant... però sense zombis?

Llavors es va sentir un «CLINC». En Max es va adonar que amb les presses s'havia deixat la clau al pany, a fora, i que ara, amb els cops de la zombi, havia caigut a terra. La professora de Medi va quedar aturada. En Max també, angoixat pel SILENCI.

Per què havia estat tan gamarús de descuidar-se la clau al pany?! Per què s'havia deixat atrapar dins d'aquell recinte?! Per què la seva tossuderia l'havia portat a arriscar la vida d'una manera tan absurda?! I... per què ara no se sentia la professora de Medi?!

La zombi va mirar la clau a terra i va fer un GRUNYIT d'estranyesa. La va tocar amb la punta del peu. Un glop de bava espessa li va caure de la boca i va anar a espetegar-hi damunt.

2

MALES VIBRACIONS

Diumenge al matí en Max va poder dormir més que els altres dies. Ho necessitava. Només feia una setmana que era a Morisville, però cada dia s'havia despertat molt d'hora, i no per culpa de cap gall pesat d'aquells que canten fins a quedar afònics quan neix el dia, sinó perquè cada matí hi anaven a treballar el paleta Manel Niño Pont i els seus ajudants, que eren molt **cridaners**. I això a banda dels fusters, els lampistes i el pintor, que tampoc no eren gaire silenciosos. En Max va obrir els ulls i va mirar cap a la finestra. Hi va veure els rajos solars, que s'escolaven pels foradets de la persiana. Es va regirar al llit i es va tornar a endormiscar. No sols estava cansat per l'enrenou dels paletes i companyia: durant aquella primera setmana al poble s'havia assabentat que als **BOSCOS** del voltant hi havia

ZOMBIS ganuts que no podien deixar d'**EMPAITAR** qualsevol cosa amb dues o quatre cames per cruspir-se-la. A més, va saber que hi havia adults experts i grups d'edats inferiors que els caçaven. Va conèixer l'anomenada **Colla AZ**, és a dir, «AntiZombi», la categoria d'alevins de les Divisions AZ de Morisville, capitanejada pel Charles Cummings, un noi una mica fanfarró, i formada per la Thaís, la Paula i en Biel.
De sobte, en Max va tenir una *esgarrifança* i la mandra es va esvair. Li havien vingut al cap les escenes del dia anterior. El seu cor es va accelerar, va obrir els ulls espantat, es va incorporar de cop, va respirar fons. El dia abans s'havia endinsat en el **BOSC DELS ESQUELETS PUDENTS** per capturar el profe de mates, que feia dies que corria lliure i gemegava a tort i a dret pels voltants de Morisville convertit en zombi. En Max era l'encarregat de proporcionar rotlles de **PAPER** de vàter a en Charles, que havia de disparar al mort vivent amb la **DESENROTLLADORA**, una arma inofensiva però efectiva, d'últim disseny i de gran potència, que bàsicament feia això: desenrotllar

el paper de vàter a gran velocitat per deixar el zombi embolcallat com una mòmia.

Tot va anar molt bé fins que, en el moment culminant de l'operació, en Max va cometre un error: va caure damunt d'un paquet de rotlles de paper de vàter i els va aixafar. Després, la desenrotlladora, un aparell d'alta precisió, va deixar de funcionar perquè els rotlles ja no eren cilíndrics del tot. El senyor Falla, el profe de mates, va estar a punt de MOSSEGAR en Charles, però la resta de membres de la Colla ho van evitar, i al final van aconseguir l'objectiu: **atrapar** el zombi sense fer-li mal. En Charles, esglaiat, va fer culpable en Max de tot el que havia passat i li va dir que no el volia veure ni en **PINTURA**.

Ara en Max, assegut al llit, feia que no amb el cap en recordar-ho. Es va llevar. Mentre es vestia, va pensar en els amics que havia deixat a **CIUTAT** i es va posar trist. Els havia trucat un dia en sortir de classe des de la cabina telefònica del poble, perquè a casa encara no tenien telèfon i a Morisville no hi havia cobertura de mòbil ni internet, i hi va parlar una estona. El trobaven a faltar i tots, per separat, li van preguntar com era **MORISVILLE** i què li semblava. En Max es moria de ganes d'explicar-los que hi havia zombis, però va recordar la conversa que havia tingut amb la Cinta, la seva mare, en què van quedar que no dirien res a ningú. Era una realitat que les autoritats de la vila mantenien en **SECRET** per protegir la salut dels vius i dels morts vivents. En Max va callar, i tampoc no ho va dir als avis quan els va trucar després.

El noi va mirar per la finestra i va veure el seu pare, somrient, que treia a passejar el gos, també alegre. La Cinta i ell no s'havien atrevit a explicar-los el que passava a Morisville, per això reien tant, va pensar en Max. En el cas del Joan, que havia deixat la feina d'alt executiu per un **estrès galopant**, no era convenient que ho sabés perquè no li agafés un cobriment de cor. En el cas de l'Hèrcules, la seva **reacció canina** era un autèntic interrogant.

En Max va trobar la Cinta a la cuina.

—Bon dia, mare.

—Hola —va respondre ella, seca.

Mentre es preparava l'esmorzar, en Max va notar que la cuina era un mar de males **VIBRACIONS**. Pel silenci de la mare i, sobretot, perquè cosia sense parar un **NINOT** de roba. Era la màxima afició de la Cinta. Tot i que no en tenia ni idea, ni de cosir ni de ninots, n'havia fet més de cent i continuava endavant, sense aturador. Eren nines i ninots lletjos, esguerrats, desproporcionats, deformes, que volien ser una persona o un animal, però que podien acabar semblant una planta o un mineral. En part, el resultat era tan **desastrós** perquè la Cinta només els feia quan estava nerviosa i, sovint, empipada.

—Sembla un **ZOMBI**.

Quan en Max va acabar de fer aquesta observació es va adonar que a vegades val més callar. La seva mare va alçar el cap amb una expressió irritada que feia por.

—M'he assabentat que ahir van capturar el professor de mates —va engegar la Cinta.

—Ah, sí, ja ho sabia —en Max va intuir que s'havia posat de peus a la **galleda**.

—Sí? I com és que no m'ho vas dir?

—Mmm, no hi vaig pensar...

—On vas anar, ahir, Max?

La pregunta de la Cinta va **retrunyir** a la cuina i al cervell del noi com si fos un petard de fi de festa major.

—Ja t'ho vaig dir, a dinar amb els meus amics.

—I abans?

—Vam anar a fer una volta i...

—I vas caçar un zombi!

En Max va fer que sí amb el cap.

—Però, per què no m'ho vas dir?!

—No m'hi hauries deixat anar.

—És clar que no. És molt **PERILLÓS!** Nosaltres no som com aquesta gent, que en saben i hi estan acostumats, Max! No les podem fer, aquestes coses.

—Mare, si hem de viure a Morisville i hem de protegir el pare, cal que estiguem preparats. No podem fer veure que no hi passa res en aquest poble. Ens hem de saber defensar!

—Escolta, ja hi ha gent que es dedica a protegir-nos: la Brigada Caçazombis, la policia... Nosaltres no ens hi hem de ficar.

—Però...

—La mare de la Thaís ja m'ha explicat això de les Divisions AntiZombi... és **horrible!** No vull que vagis més de **CACERA** amb la Colla AZ, m'has sentit? Si vols parla-hi tant com vulguis, això no m'importa, però a partir d'avui queda absolutament **prohibit** anar a caçar! D'acord?

En Max va assentir amb una expressió trista. La Cinta va deixar damunt la taula el ninot amorf que cosia, va abraçar el seu fill i hi va afegir suaument:

—Per l'amor de Déu, no vull que et passi res!

Tot seguit la dona va dreçar el cos i va respirar fons.

—Me'n vaig a fer una volta —va dir—. Necessito que em toqui l'AIRE.

I se'n va anar.

3

LA PROPOSTA

En Max va quedar pensatiu. Va recordar les paraules d'en Charles, uns dies enrere: «**ELLS JUGUEN, NOSALTRES ACTUEM**». I en Max volia ser dels que actuaven, formar part de la Colla AZ, però... com podia demostrar a en Charles que tenia alguna habilitat especial en la **LLUITA** antizombi si potser, en realitat, no en tenia cap? De fet, i si feia el més fàcil, és a dir, deixar-ho estar? I si s'introduïa en el nombrós grup dels que sempre reien despreocupats dins de les **MURALLES**, dels que es distreien jugant a futbol sala i a bàsquet (d'això bé que en sabia, ell)? Perquè... com podia pretendre encara ser un més de la Colla AZ si, a més, la Cinta li prohibia anar a **CAÇAR ZOMBIS?** Era una **missió impossible!**

El noi va alçar la mirada i va recórrer amb els ulls les parets de la cuina, plena d'armariets nous que feien olor de fusta envernissada, va mirar el rellotge i en va seguir la busca dels segons. Llavors van trucar al timbre.

En Max va anar cap a l'entrada i va obrir la porta. Davant seu hi havia la Thaís i en Biel.

—Volem parlar amb tu.

—Passeu.

Ja al menjador, en Biel es va escarxofar al sofà i, mentre es ficava un dit a l'orella, el treia i el mirava per comprovar si hi tenia gaire cera, va explicar a en Max que havia tingut una **VISIÓ** sobre ell i les seves aptituds zòmbiques. La revelació li havia mostrat, clarament, que era un **INEPTE TOTAL**. En Max es va quedar bocabadat, els ulls li van tornar a brillar d'il·lusió i esperança, el cor li va bategar de pressa. Mai no s'hauria pensat que en Biel li diria una cosa tan **BONICA**. De fet, i encara menys, que el fes tan feliç que algú li comentés que era un autèntic desastre. Si estava tan content era perquè en Max sabia que les premonicions d'en Biel es complien en un 99% dels casos i que sempre passava al revés del que deia.

—Jo també crec que tens alguna cosa **ESPECIAL** —va afirmar la Thaís—, però només és una **INTUÏCIÓ**.

En Max va somriure, agraït.

—Escolta: hem vingut a fer-te una **PROPOSTA** —va continuar la noia—. Creiem que et mereixes una segona oportunitat per demostrar que pots ser de la Colla.

—I tant, i tant —va corroborar en Biel, que s'acabava de mossegar una ungla.

—Ui, potser millor que ho deixem estar..., la meva mare m'ha **prohibit** caçar zombis.

—La teva mare està preocupada i desorientada, és normal que digui això —va explicar la Thaís—. Però no t'has d'amoïnar, de moment no hauràs de caçar cap zombi. La nostra proposta és ben **DIFERENT**.

Els budells d'en Biel van rugir de gana.

—Uf! —va exclamar mentre es donava copets a la panxa—. No deus pas tenir una mica de llet amb cacau?

En Max va assenyalar cap a la cuina perquè hi anés i se'n servís.

—No et fa res, oi? —en Biel es va aixecar del sofà—. Gràcies —en Max acabava de fer que no amb el cap.

—I doncs? —va dir en Max a la Thaís.

—Hem pensat que t'hem de fer una **PROVA**.

—Una prova?

—Sí, bé, unes quantes... De fet, és una mena de **GIMCANA**.

—Per què?

—Volem valorar què saps fer i què no. Així podrem trobar els teus punts forts i febles. I després, si vols, la idea és entrenar-te de valent. Per exemple, cada dia a la tarda, en sortir del col·le. Què et sembla?

—Max, on és el cacau? No el trobo! —en Biel obria i tancava armariets dins la cuina.

—És a l'antosta que hi ha al costat de la nevera! —va cridar en Max—. Però —va mirar la Thaís—, vols dir que si m'entreno hi tinc cap possibilitat?

—Parlaríem amb en Charles. Per formar part de la Colla AZ cal que superis un **examen**, i ell, que n'és el cap, és qui el proposa. No crec que ens costés gaire convèncer-lo perquè et plantegés una prova definitiva. És l'única manera que tenim d'ajudar-te.

—I les culleretes, on són?! —va cridar en Biel.

—Al primer calaix!

—Tens cereals?!

En Max va acceptar el **REPTE**. La Thaís, satisfeta, es va aixecar del sofà d'un salt.

—Doncs, va, anem-hi!

—Ara!?

—Sí, és clar, com més aviat comencem millor! Posa't roba esportiva.

—On hem d'anar?

—Primer al **ZOMBÍDROM**.

En Max va fer cara de no entendre res.

—És l'estadi on fem els Jocs per a Zombis un cop cada quatre anys —va explicar en Biel, que va aparèixer al menjador amb un bol enorme ple de llet amb cacau i cereals.

—Una mena de jocs olímpics —va aclarir la Thaís.

—Ho dieu de veritat?! Però com pot ser? No és molt perillós, això?!

—Home, hi ha moltes mesures de seguretat, eh? —va argumentar en Biel—. Pensa que al voltant de la pista d'atletisme hi ha tot de policies amb **FUMIGADORES** plenes de cola de fuster i **DESENROTLLADORES** de paper de vàter. Si se n'escapa algun, rep de valent!

—Max —va intervenir-hi la Thaís—, els zombis, per molt zombis que siguin, no deixen de ser familiars o amics nostres. Tant se val si són *hobbles* o *quickzombs*. Tothom té dret a divertir-se!

—Ja, però, avui... al zombídrom no hi haurà **ZOMBIS**, oi? —va preguntar en Max amb la veu fluixa.

—Pot ser que n'hi hagi algun amb el seu entrenador i els físios, però no crec que gaires. Els Jocs no se celebren fins a l'estiu que ve.

En Max va assentir poc convençut.

—No hi ha cap perill, home —el va animar en Biel, entre xuclada de llet i cullerada de cereals—. Sempre és ple de gent, i més avui, que és diumenge. Ja veuràs com t'agradarà. És on s'entrena habitualment la **BRIGADA CAÇAZOMBIS!** —i amb l'exclamació li va sortir un rotet.

—El zombídrom és una instal·lació molt **GUAI** —va afegir-hi la Thaís—. Segur que no et deixarà indiferent.

A Morisville, els zombis en la fase 1 de la infecció s'anomenen *hobbles*. Són ximples, coixos i van de tort. Fa la sensació que no conserven gens de consciència de qui eren. Semblen inofensius, però no te'n pots refiar: mosseguen quan poden.

A Morisville, els zombis en la fase 2 de la infecció s'anomenen *quickzombs.* Tenen més gana que els *hobbles* i el seu cos s'ha tornat més àgil per poder caçar preses. Són perillosos com bèsties salvatges, ràpids, difícils de capturar. I si tenen consciència, no ho sembla.

4

UN LLOC ESPECIAL

En Max va deixar la nota damunt la taula del menjador. Després, tots tres van anar al centre de Morisville i van seure al banc d'una plaça, davant la parada de l'autobús de la línia 1.

—Et porta directament al **ZOMBI PARK** —va explicar en Biel.

—Però que no anàvem al zombídrom? —va preguntar en Max.

—És allà mateix. El zombídrom només és una part del Zombi Park, que és enorme —va aclarir la Thaís.

—I per què es diu així?

—Doncs... vindria a ser una mena de **PARC TEMÀTIC** —va dir en Biel—, oi, Thaís?

—Sí, més o menys, però val més que ho vegis amb els teus propis ulls.

Mentre s'esperaven, la parada es va anar omplint de gent. La majoria eren famílies senceres que duien motxilles i que hi anaven a passar el dia, però també hi havia esportistes, actors, músics, cuiners, pallassos i equilibristes. En Max els mirava atònit.

L'autobús va arribar de seguida. Hi van pujar. Dins, els avis i els adolescents feien molt de xivarri. En Max, la Thaís i en Biel anaven drets i estrets, agafats a una barra metàl·lica que hi havia al costat del conductor. Dos agents de policia, amb dues **BALLESTES** manuals al cinturó, observaven atentament el boscatge que hi havia a banda i banda del camí. En Max també mirava l'exterior. Es va fixar que un vehicle tot terreny de la Brigada Caçazombis seguia l'autobús. Va veure, també, que TRAVESSAVEN una **ZONA BOSCOSA** força espessa, durant no gaire estona, i que després la vegetació s'aclaria a mesura que anaven pujant.

Finalment, van arribar a un gran altiplà. Dins l'autobús tothom continuava parlant com si res, però en Max es va quedar amb la boca oberta.

—Ja hi som —va dir la Thaís.

Davant seu, va aparèixer un recinte **COLOSSAL** tancat per uns **MURS** molt alts i gruixuts, diverses torres de control i una porta gegant de ferro custodiada per un pilot de policies armats fins a les dents amb desenrotlladores, fumigadores, caçapapallones gegants i paelles d'**ESTABORNIR ZOMBIS**.

Per damunt dels murs del **Zombi Park** sobresortien les capçades d'alguns arbres i la corona d'alguns edificis. Fins i tot es veia, lluny, el que semblaven unes *MUNTANYES RUSSES*. Darrere de tot, de

Capítol 4

Sens dubte, els caçapapallones gegants, de mida zombi, són molts útils per atrapar els morts vivents. Si bé són fràgils, perquè els zombis, a diferència de les papallones, mosseguen molt i de seguida n'esparraquen la xarxa, tenen la virtut que proporcionen prou temps al caçador per preparar una altra arma, com ara carregar amb paper de vàter la desenrotlladora, o per posar en pràctica una nova tàctica, com arrencar a córrer.

John Basalto

No totes les paelles són iguals. Per fer que un zombi perdi els pocs sentits que li queden, les millors són les més grosses (de 32 cm de diàmetre). Sempre se n'ha de tenir una d'aquestes, a mà, a casa, per si un zombi truca a la porta. Quan, en canvi, ets tu qui surts per anar a caçar zombis, el millor és endur-se una paella mitjana (de 16 i 18 cm de diàmetre), més lleugeres i còmodes de portar dins la motxilla (o fora, penjades amb un cordill).
El més important, però, és colpejar el zombi amb delicadesa. Si no, el fons de la paella quedaria abonyegat i perdria l'antiadherència interna, i llavors ja no hi podriem fer cap ou ferrat.

Andreu Raretti

fons, hi havia una gran **PENYA** que arrecerava el parc.

Tothom va baixar de l'autobús. L'aparcament era ple de **furgons policials**.

—És estrany —va dir la Thaís, mentre observava els vehicles.

—Què? —en Biel es va gratar el cap.

—Que hi hagi tants policies. Hi deu passar alguna cosa especial, avui.

Llavors, la Thaís va assenyalar a en Max el cartell que hi havia al costat de l'entrada, amb lletres de colors, majúscules, grans: «**ZOMBI PARK. COMPLEX LUDICO-ESPORTIU JOAN MANEL ORTEU**».

—Era l'alcalde del poble quan hi va haver la primera crisi de zombis, i d'això ja fa ben bé quinze anys —va explicar la noia.

—Què va passar? Va morir?

—No, el van **MOSSEGAR** un dia que havia anat a buscar bolets. Diuen que, després de caminar molt, havia trobat una raconada amb molts rovellons i que quan ja tornava a casa amb dues paneres ben plenes, es va trobar amb un **ZOMBI**, que el va començar a **EMPAITAR**. Ell no podia córrer gaire de pressa pel pes i... en fi... el va atrapar...

—Però, per què no va deixar les paneres a terra?

—En aquells anys ningú no sabia que els zombis existien. L'alcalde es pensava que aquell paio en realitat era un altre boletaire que li volia prendre els bolets. L'alcalde es va convertir en zombi, el primer de Morisville, un autèntic mite vivent. Bé, mig vivent. Ara és al **CENTRE DE RECICLATGE** de Zombis, a veure si algun dia troben la **VACUNA** per curar-lo... igual que els altres.

En Max, la Thaís i en Biel van entrar al parc.

—No hi ha taquilles? —va preguntar en Max.

—L'accés és gratis, només es paga a l'àrea esportiva els dies de competició —va aclarir en Biel.

De sobte, un zombi molt alt, pelut, molsut i blavós, amb uns ulls i un somriure enormes se'ls va tirar a sobre **GEMEGANT**. Per sort, abans d'agafar-los va ensopegar, va caure a terra i va rodolar. En Max es va quedar **BLANC**, sense respiració. La Thaís i en Biel van riure. El zombi es va aixecar de pressa, **grunyint**, i els va tornar a escometre. La Thaís i en Biel es van deixar atrapar i van cridar en Max.

—Va, vine, que ens faran una ***foto de record!*** —va dir la noia.

El zombi va passar els braços per damunt de les espatlles del Biel i de la Thaís i amb una mà va fer entendre a en Max que s'hi acostés. Darrere hi havia un cartell que deia «**RIKI, EL ZOMBI DE LES XANCLETES**».

Llavors en Max es va adonar que era un **NINOT** animat per una persona i va entendre la broma, un zombi amb xancletes mai no podia arribar gaire lluny.

—Vinga, noi —va dir una dona amb una càmera de fotos grossa—, posa-t'hi bé i somriu!

En Max hi va anar.

—Va, digueu tots alhora: **Joan Maneeeeel!**

De cop i volta, va sortir un paper per sota de la càmera. La dona els el va regalar. En Max va quedar estupefacte en veure que era la foto que els acabava de fer. Estava avesat a les imatges digitals i no coneixia aquell tipus de TECNOLOGIA. Després va observar com el **RIKI**, l'enorme zombi blau, corria cap a una colla d'avis que ara entraven al parc i tornava a ensopegar, a caure a terra i a rodolar, i com després s'aixecava i tornava a córrer per *empaitar-los* i donar-los la benvinguda. Quan en Max es va girar va veure en Biel, que comprava un GLOBUS que simulava la cara d'un caminant que treia la llengua, i la Thaís, davant d'una paradeta amb un cartell que deia: «**Punt zombi d'informació**».

—Té. En aquest tríptic hi ha el plànol del Zombi Park.

En Max va mirar el paper, va obrir molt els ulls i va fer:

—**Uaaaauuuu!**

ZOMBI PARK
ZONA ESPORTIVA
ZOMBI STADIUM
B
A
FOOD FOOT
WC
SALOON
SHERIFF
DINNER
ZONA TEMÀTICA
ESTANY
ZONA INFANTIL

DINNER
ZONA
D'ENTRENAMENT
ZÒMBIC
ZONA
D'ATRACCIONS
STATION
WC
RIU
CAR CRASH
RESTAURANT
WC
ZOMBI PARK
ENTRADA
ZOMBI PARK

5

ELS ZOMBIS TAMBÉ TENEN DRET A DIVERTIR-SE

El zombídrom era un ESTADI ni gaire modern ni gaire gran, però bonic i acollidor. Quan la Thaís, en Biel i en Max hi van arribar, van veure que al voltant de la PISTA D'ATLETISME hi havia una trentena de policies que, amb escopetes amb mires telescòpiques, apuntaven a algú amb la roba esquinçada que gambava descoordinadament darrere d'un noi jove amb roba esportiva, que corria moltíssim.

—Apa! Veus aquell ZOMBI? —va dir la Thaís a en Max, emocionada—. És en James Farrall! El plusmarquista zombi mundial dels 3.000 metres obstacles! S'està entrenant!

—Ual·la! —va cridar, exaltat, en Biel.

—Però... el noi de davant per què corre? —va preguntar en Max.

—Home! Precisament perquè en James hi vagi darrere. Ja saps que els zombis sempre tenen molta GANA! —la Thaís es va netejar les ulleres amb un drapet.

En Max va observar l'evolució en cursa del mort vivent, que anava cada cop més de pressa i més segur, i que ja saltava les tanques en comptes de destrossar-les i travessava les basses sense caure-hi.

—Aquest zombi va com una moto... —en Max l'observava astorat.

—Sí, s'ha transformat en un **quickzomb** —va explicar en Biel—. I com que té més gana que abans, ha mutat una mica i s'hi veu més, i també té les cuixes més fortes.

—Per no perdre de vista les preses i poder córrer més de pressa —va afegir-hi la Thaís.

—Els zombis tenen mutacions?!

En Biel i la Thaís van mirar en Max alhora, sorpresos per la seva ignorància, i van assentir, però de seguida es van girar cap a la pista. En James Farrall s'acostava perillosament a l'atleta que feia d'**ESQUER**.

—Corre, Tito, corre! —va cridar algú des de les grades per avisar-lo.

—Voleu dir que no l'agafarà? Està cada cop més a prop! —va comentar en Max.

En Biel va fer espetegar la llengua. La Thaís va exclamar:

—I ara! Ho tenen tot molt controlat!

Però llavors el **CORREDOR ZOMBI** va fer un canvi de ritme inesperat i espectacular, va travessar la línia de meta amb un temps que igualava el rècord mundial i va continuar corrent fins a atrapar el pobre atleta, que durant uns instants va forcejar amb el zombi. Finalment, el corredor se'n va poder separar i els policies van disparar a en Farrall dards amb **CINOCUR NONES**, una substància química per adormir parts del cos dels morts vivents. No va fer falta intervenir-hi amb les desenrotlladores i fumigadores.

—Tito! Estàs bé? —un massatgista hi va anar corrent.

—Sí, no us preocupeu! —l'atleta va anar marxant tot sol, un pèl atordit, cap als vestidors mentre alguns policies, l'entrenador personal, els fisioterapeutes i els ZOMBIÒPATES (especialistes en afeccions zombis) s'acostaven a en James Farrall.

—Uf, encara sort! —va dir en Biel amb referència a en Tito.

—Nens —els va dir un policia—, val més que marxeu. En Farrall és **perillós** i encara s'ha d'entrenar una estona. Després hi podreu venir tranquil·lament.

La Thaís va assentir i va mirar en Biel, que es va arronsar d'espatlles.

—Bé, doncs, començarem la **GIMCANA** a la **Zona d'Entrenament Zòmbic**. Anem-hi —va dir la noia.

En passar per la Zona d'Atraccions, en Max es va quedar parat davant de les muntanyes russes, semblava absolutament enfavat.

—Què passa? T'agraden? —va dir en Biel.

—No gaire, em fan molta **IMPRESSIÓ**.

—I què mires? —la Thaís es va posar bé la goma dels cabells.

—Allò —en Max va assenyalar amb el dit una vagoneta. Un matrimoni de mitjana edat hi acabaven de fer pujar un zombi i, amb penes i treballs, l'hi encadenaven. L'encarregat de l'atracció els anava donant cadenats per ajudar-los.

—Ah, és el fill dels Stokes —va explicar la noia—. El van **MOSSEGAR** a l'estiu i, com que encara és un **HOBBLE**, de tant en tant el treuen del Centre de Reciclatge de Zombis i el porten cap aquí, per passar el dia junts.

—Els zombis també tenen dret a divertir-se, eh? —va assenyalar en Biel.

—Però això... no és molt perillós? —en Max **va arrufar les celles**.

Just en aquell moment, al fill dels Stokes li va venir un *rampell zombi* i va atacar la seva mare de forma despietada amb la boca molt oberta. El pare, àgilment, va treure un morrió de la motxilla i l'hi va col·locar. Després el va acaronar com si fos un nadó zombi fins que es va calmar, i les *MUNTANYES RUSSES* es van posar en marxa com si res no hagués passat.

—Si portes familiars zombis al parc és obligatori tenir un **morrió**. Darrere del plànol que t'he donat ho explica tot —va dir la Thaís.

En Max va treure el plànol de la butxaca i va llegir les normes de funcionament del parc.

NORMES DE FUNCIONAMENT DEL ZOMBI PARK

1. Cal que els zombis hagin menjat bé abans d'entrar al Zombi Park, perquè no els vingui un atac de fam.
2. Els zombis han d'anar obligatòriament acompanyats d'un adult que estigui viu del tot.
3. És imprescindible no deixar sol el zombi en cap moment: tenen tendència a fer la seva.
4. Cal portar un Zombiboc (morrió) per a cada zombi que entri al recinte, i posar-l'hi sempre que es posi nerviós.
5. És convenient que els zombis amb predisposició a marejar-se i a vomitar no pugin a les atraccions. Després caminen massa de tort i, al cap d'una estona, tenen més gana.
6. És preferible no portar els zombis a la Zona d'Entrenament Zòmbic, atès que es podrien confondre amb les persones contractades per fer de zombis.
7. En els espectacles que ofereix el Zombi Park, cal que els zombis estiguin encadenats i a una distància prudencial dels actors o músics. Així no els atacaran si no els agrada l'espectacle.

Moltes gràcies.

La Direcció

—Aquest últim punt és de broma, oi? —va dir en Max.
—De broma?! —la Thaís va arquejar les celles—. Els zombis són molt sensibles! L'any passat n'hi va haver un que va atacar un pallasso perquè en comptes de fer riure, li feia por. Va ser TERRIBLE. Ara tots dos són al Centre de Reciclatge.

Van continuar caminant cap a la Zona d'Entrenament. Durant el trajecte, en Max va veure gent disfressada de mort vivent, els encarregats de les atraccions, i un munt de visitants acompanyats dels seus zombis, amb la roba sencera, neta i ben planxada. Eren fàcils de distingir, sobretot perquè els uns parlaven i els altres GEMEGAVEN.

En arribar al llindar d'una ZONA BOSCOSA, la Thaís els va dir:

—Ja hi som. Espereu-me aquí, ara vinc.

La noia va anar cap a una parada i va saludar una senyora, que la va abraçar efusivament.

—Qui és? —va preguntar en Max.

—La seva tieta, treballa aquí.

—La mare d'en Charles?

—Sí, té els fulls amb les proves que has de fer. És un estàndard. La gent ve i ho sol fer per divertir-se, però a nosaltres ens servirà per veure el teu **NIVELL**.

Al cap d'un moment, la Thaís se'ls va acostar amb una carpeta, fulls i un bolígraf.

—Comencem?

En Max va fer que sí amb el cap.

—Molt bé. «**PROVA 1**: Ser capaç de ***seguir el rastre d'un zombi***».

—Però de quin zombi?! —va exclamar en Max.

—Hola, nano. Com anem? —va dir una veu esquerdada, darrere seu.

El noi es va girar i un **ZOMBI GEPERUT** de metre cinquanta li va oferir la mà amb un somriure afable. En Max va cridar i es va fer enrere.

—Tranquil, és un actor! —en Biel va riure.

—Ei, tu, t'has d'esperar un minut i m'has de trobar —va dir l'homenet—. Me'n vaig.

L'actor va girar primer el coll i després el tronc, i va marxar de pressa, **COIXEJANT** i GEMEGANT. Va desaparèixer al bosc que tenien davant.

—Prepara't, Max —va dir la noia—. Concentra't.

Van passar uns instants de tensió i la noia va dir: «VA!», i en Max va sortir embalat i es va ficar entre la **MALESA**. La Thaís i en Biel es van mirar.

—Però on va tan de pressa?

La Thaís es va arronsar d'espatlles.

—Em preocupa —va comentar en Biel, reflexiu, mentre es treia una **LLEGANYA**.

—Per què? Què has intuït?

—Que se'n sortirà. Fins i tot que ho farà **FANTÀSTIC** en totes les proves.

—Vaja! Més val que no l'hi diguis.

—Ja, no ho faré.

6

ZOMBIS DE VERITAT, ZOMBIS DE MENTIDA

En Max no tan sols no va **ENCALÇAR** l'actor que feia de zombi, sinó que, a més, el van haver de buscar a ell. S'havia **perdut** al bosc del Zombi Park. Quan el van trobar, arrossegava un peu per terra, nerviós, i el fregava insistentment en la soca d'un arbre.

—Però on t'has ficat? Què t'ha passat? —va preguntar en Biel.

—He trepitjat una merda de gos i m'ha quedat tota la vamba feta un **NYAP!**

La Thaís i en Biel van fer una GANYOTA de fàstic. Ella es va tapar el nas fent pinça amb els dits, ell es va fer enrere i va agitar una mà davant seu per esvair-ne la pestilència.

—Però com pot ser que hi hagi caques al bosc? Em pensava que el Zombi Park era un lloc net i agradable!

—va remugar en Max— Aquesta és la meravellosa Zona d'Entrenament Zòmbic!?

—Max —la Thaís ara feia cara de pocs amics—, les merdes són **EXPRESSES!**

—Què?

—En l'entrenament zòmbic una de les coses bàsiques és aprendre a seguir el rastre dels zombis —va explicar la noia—. Els *hobbles* mai no miren a terra, sempre van distrets, i quan caminen ja saps com ho fan, ***DE TORT*** i malament. Solen **trepitjar** moltes caques.

—Les cagarades aixafades indiquen per on ha passat un zombi —va inserir-hi en Biel—. Per això els TÈCNICS D'EXCREMENTS del parc n'escampen cada vespre!

—L'actor que fa de zombi les trepitja com si fos un mort vivent de veritat i el que el segueix ha de saber-ho interpretar.

—Sense trepitjar-les, és clar... —va afegir-hi en Biel.

En Max assentia amb el cap, bocabadat.

—I també havies de tenir en compte altres coses, com les BRANQUES mig trencades dels arbres o els llocs amb l'herba **aixafada** —va dir la Thaís.

Van anar cap a un RIEROL i van seure-hi a la vora, damunt d'unes ROQUES. Mentre en Max es netejava la vamba, la Thaís va treure d'una butxaca una bosseta transparent plena de gomets i en va enganxar un de vermell en un dels fulls de la carpeta.

—**NO HAS SUPERAT LA PROVA**, però en queden nou per fer.

En acabat, es van acostar a una caseta que hi havia al mig del bosc. Dins hi havia actors i actrius maquillats que es vestien amb roba esquinçada.

—Hola —va dir la Thaís—, necessito algú que faci de zombi per simular una captura.

Al cap d'uns instants, en una petita clariana, una dona grassa **ZOMBIEJADA** va començar a actuar. En Max la va ATACAR amb la fumigadora de cola de fuster, però no va pensar en la direcció del vent i ell, més que no pas l'actriu, en va quedar ben ruixat. Després, obstinat, la va escometre amb la **DESEMBOT-LLADORA** de paper de vàter. La Thaís va anotar-ne els resultats.

Tot seguit, van anar a la **Zona d'Atraccions**.

Prova 2: *Captura de zombi amb desenrotlladora*

Lloc: *Zona d'Entrenament Zòmbic*

Nom de l'examinand: *Max*

Li ha enrotllat els peus?: *Una mica, però molt poc*

Les cames?: *No*

Els braços?: *No*

La cara?: *No*

Índex de consecució (sobre 10): *0*

Índex de possibilitats de millora (sobre 10): *0*

Observacions: *Com un ànec. Ha acabat enrotllat ell mateix en el seu propi paper de vàter*

—Espereu-me —va dir en Biel, de sobte.

En Max i la Thaís el van observar mentre saludava un home i una dona. Després, en Biel se'ls va acostar amb un zombi al costat, ENCADENAT.

—Hola, bon dia! —En Max, simpàtic, va donar la mà al mort vivent.

—Però, què fas!? —va cridar la Thaís—. No és cap actor!

Ja era massa tard. El zombi tenia ben agafada la mà d'en Max i l'estirava amb força per MOSSEGAR-LA. En Biel, la Thaís i un munt de gent, atreta pels crits d'AUXILI dels nois, l'aguantaven com podien *estirant la cadena*. Però tot i així, les dents negres i l'alè podrit del zombi estaven a dos pams d'en Max, que havia caigut a terra.

—Hèctor! Hèctor! Estigues quiet! —cridava en Biel sense parar.

Però **el zombi feia el sord**. A més, la seva força s'havia MULTIPLICAT per mil i ara, malgrat que l'estiraven cap enrere, estava a mig pam de l'espatlla d'en Max, amb la **MANDÍBULA** que s'obria i es tancava de cop ara sí, ara també.

Quan tot semblava perdut, es va sentir un «CLONC!» molt fort i el zombi va quedar estabornit. Un agent de policia li acabava de donar un cop de paella monumental. En Max es va incorporar.

—T'ha MOSSEGAT? —va preguntar la Thaís, nerviosa.

—No.

—Em sap greu —va dir en Biel—, t'havia d'haver avisat. És el meu cosí Hèctor —va assenyalar el zombi—. S'hi va convertir fa uns mesos i avui els meus oncles l'han portat al parc.

—Però, per què l'has fet venir cap aquí? —li va demanar la Thaís.

—Per fer la propera prova, la del KARAOKE.

—Ah, és clar, tens raó.

En Max es va aixecar a poc a poc. Després es va fregar la cara, atordit.

—Estàs MAREJAT? —li va preguntar la Thaís.

—Una mica.

—Val més que et tiris aigua a la cara —va dir en Biel—. T'acompanyaré al lavabo.

Els dos nois van marxar. La Thaís va fer una anotació en el full corresponent de la carpeta: «En Max no sap distingir un ZOMBI de VERITAT d'un de MENTIDA». I llavors va dir en veu alta, per a ella mateixa: «Uf, la cosa pinta molt malament».

7

QUAN ELS GOMETS MARQUEN LA VIDA

En Biel i la Thaís van convèncer una àvia que els deixés el seu marit zombi per fer la prova de **KARAOKE**. Van anar a una caseta, van fer pujar en Max dalt d'un petit escenari amb una pantalla i li van donar un **MICRÒFON**. El noi va triar la cançó que més li agradava d'una llista i va fer un posat de cantant de pop-rock força convincent. El problema va ser quan va obrir la boca. En Max feia llàstima quan cantava. En comptes d'una oïda molt fina, la tenia atrofiada, si més no per seguir i interpretar melodies, per entonar. I no tenia veu. Malgrat els esforços, el **iaio zombi**, encadenat davant seu, no va moure ni peu ni cama; al contrari: es va posar a **plorar**.

La quarta prova consistia a interpretar una **COREOGRAFIA ZOMBI** amb un grup d'actors, però la

Thaís i en Biel la van descartar. Perquè, mentre en Max intentava cantar en la sessió de karaoke, van descobrir que DANSAR tampoc no era la seva **especialitat secreta**. Li havien demanat que ballés, que seguís la música, que es deixés anar. I ho va fer de forma inoblidable. En Max havia SALTIRONEJAT aquí i allà, remenat el cul com si l'haguessin

pessigat, fet tentines com si li acabés de caure un test al cap. Veure'l feia patir, i a sobre després havia ajuntat els braços i els havia fet giravoltar com si fossin les aspes d'un molí de vent, inserint-hi uns «COME ON, COME ON» molt fora de lloc. Li van posar un gomet vermell directament.

Van tornar al **ZOMBÍDROM**. En James Farrall ja no hi era i podien fer servir la instal·lació lliurement. La Thaís i en Biel van decidir comprovar la velocitat d'en Max corrent els 100 METRES LLISOS, i després el mig fons, amb la prova de 1.500 metres. Els resultats no van ser decebedors del tot en el primer cas. En Max no era gaire ràpid, però si s'entrenava podia millorar. La Thaís li va posar un gomet taronja i una puntuació de 5 sobre 10. En canvi, com que no va acabar la prova dels 1.500 perquè no s'aguantava els pets, en aquest cas li va haver de posar un gomet vermell i un 0.

—Fem un **DESCANS**. Anem a dinar —va dir la Thaís.

Es van acostar a una zona de pícnic i l'home d'una paradeta de menjar els va donar un entrepà de salsitxa

Prova 3: *Karaoke. Aconseguir fer ballar un zombi*

Lloc: *Zona d'Entrenament Zòmbic*

Nom de l'examinand: *Max*

El zombi ha ballat amb tot el cos? *No*
Ha ballat només amb les cames? *No*
Amb els braços? *No*
Amb un dit? *No*
Altres parts del cos?
Cap ni una
Índex de consecució
(sobre 10): *0*
Índex de possibilitats
de millora (sobre 10): *0*

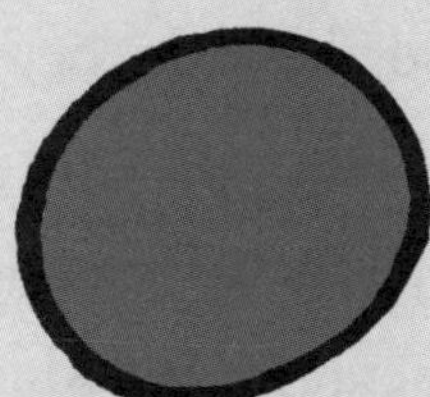

Observacions: *És difícil fer-ho pitjor. En tot cas, aporta una cosa diferent: desanima els zombis, els entristeix, ploren molt*

de Frankfurt, patates fregides i un refresc a cadascun. Van seure en una taula de fusta.

—No ho he fet gaire bé, oi?

—**NO** —van dir la Thaís i en Biel alhora—. Però —va continuar la noia— no passa res. Les proves de la tarda són més *decisives*, i encara en queden quatre per fer.

—D'aquí a tres quarts d'hora hem de continuar —va afegir-hi en Biel—. El Zombi Park tanca d'hora, a les set de la tarda, per SEGURETAT.

En Max va assentir i es va posar suc de tomàquet a les patates. Físicament se sentia cansat i necessitava recuperar forces. Mentalment estava convençut que a la tarda ho faria millor.

La setena prova va consistir, allà mateix, a tirar amb **ARC** i **FLETXES** a unes dianes. En Max es va concentrar molt en els llançaments, però anava tan fluixot de punteria que no va tocar cap diana i sí el paner d'un bon home que instal·lava tanques publicitàries a l'altra punta del recinte. El noi es va quedar amb 0 punts de 100 possibles. L'operari, amb 5 punts de

SUTURA. El gomet vermell va semblar poca cosa, aquest cop.

La vuitena prova d'avaluació, l'última esportiva, era la del salt del **ZOMBIPOLTRE** i del **ZOMBIPLINT**, valorada conjuntament. De fet, la prova era com saltar al poltre i al plint normals, cosa que en Max ja havia fet a classe de gimnàstica abans d'anar a viure a Morisville, però allà els aparells tenien forma de **zombis ajupits**, l'un més petit i de peça única, i l'altre més ample i allargat, amb calaixos.

Mike Poltregeist (Massachusetts, 1890 - Cornellà del Terri, 1971) va inventar el poltre o cavall, i el plint; més tard, les genolleres, i, finalment, els matalassets per no caure directament a terra. Més endavant, va descobrir, enmig d'un brot zombi, que eren la mar d'útils en la lluita contra els morts vivents perquè et donen agilitat i, sobretot, un bon saber caure. Va escriure les Cinc Regles d'Or del Poltre i el Plint:

1. *Corre decidit i segur cap al trampolí que t'impulsarà cap al poltre encara que no sàpigues on aniràs a parar després del salt.*
2. *En el cas del plint, corre amb genolleres per evitar la possibilitat de deixar incrustats els genolls en algun calaix.*
3. *Si ets un principiant de poltre o de plint, pensa que faràs «plaf» sovint. És normal.*
4. *No has de caure mai en el desànim (ja caus a terra, no cal més). La perseverança és fonamental si vols aconseguir saltar bé algun dia.*
5. *Si bé és empipador com la pudor, entrena't cada setmana amb poltres o plints. L'agilitat i la verticalitat que et donen aquests aparells són bàsiques per lluitar cos a cos amb un zombi, en què te n'has d'escapolir com puguis per on es pugui, a vegades saltant per sobre seu i tot...*

Luca Piemontese

En el zombipoltre, en Max va córrer decidit i va fer un SALT amb la força adequada en el TRAMPOLÍ situat davant l'aparell, de manera que va volar bastant bé, tot i que una cama li va quedar més enlaire que l'altra i els braços se li van balancejar com si fos un PUTXINEL·LI. Però no va caure i va obtenir 6 punts. En canvi, en el zombiplint no va CALCULAR bé el salt, va xocar contra els calaixos i en va tirar un parell a terra. Va fer «plaf» en caure de cara al matalàs. Resultat: 1 punt. La Thaís va sumar 6 + 1 = 7 sobre 20, de manera que li va posar un gomet vermell de **suspès**.

—Som-hi —va dir la noia—, hem de fer la penúltima prova.

Van anar cap al **FAR WEST ZOMBI**, on van fer cua a la zona anomenada «KO Corral».

—És molt senzill, Max —va explicar la Thaís—. Et donaran un cinturó ple de **fletxetes** i amb dues **BALLESTES MANUALS** a banda i banda. T'has d'enfrontar a un actor que fa de caçazombis de l'Oest i que et desafiarà a un **DUEL**.

—I què li he dir?

—Coi, que sí! Tot això és per saber si ets molt ràpid o no en desenfundar l'arma!

Quan li va tocar el torn, en Max es va trobar sol amb una armilla antifletxes i un casc de moto al mig d'un carrer desert. En va mirar els EDIFICIS i hi va distingir la taverna, el drugstore, la presó i una barberia per a zombis. Va esperar uns segons, però no apareixia NINGÚ i va mirar enrere. Va veure que la Thaís ja escrivia alguna cosa en un dels fulls d'avaluació. En Biel sí que el mirava, i en Max es va arronsar d'espatlles. El noi, com a resposta, va alçar el dit polze per animar-lo. De cop i volta, va sentir: «Eh, tu! Jo sóc el BALLESTER més ràpid de tot l'Oest!». En Max es va girar. Un home molt alt, gros i lleig el cridava des de l'altra punta del carrer. «Que potser ET VOLS BATRE AMB MI?!»

—Sí —va respondre en Max amb la veu tremolosa, que hauria volgut dir *no*.

L'home va avançar uns quants passos cap a ell, però de seguida es va aturar, a força distància i en línia recta. «Doncs desenfunda abans que jo si n'ets capaç, FORASTER!».

Es van mirar als ulls fixament, l'un sota el barret de *cowboy* i l'altre darrere la visera del casc negre, que tanta calor li feia. Tenien les mans tenses damunt les miniballestes carregades amb una fletxeta, a punt per fer l'últim moviment, *ràpid* i **PRECÍS**, per treure l'arma i disparar. Llavors es va sentir un soroll de fons. Un disc compacte reproduïa el vent xiulant en travessar el CARRER. I un ventilador gegant es va posar en marxa al costat d'en Max i va aixecar polseguera. Es va veure un FLAIX. Li acabaven de fer una foto de record.

Tot plegat era molt festiu per als visitants del Zombi Park, però no per a en Max. Allò era una prova, va pensar el noi, que podia marcar el seu futur, fins i tot **LA VIDA SENCERA**. Perquè si no era capaç de demostrar que valia per ser membre de la Colla AZ, si es demostrava que no tenia cap habilitat antizombi per potenciar, hauria de conformar-se a ser un noi normal amb una vida normal en aquell món que ho era tot menys normal. Necessitava un gomet verd, almenys un, com fos, i per aconseguir-lo calia treure l'arma de pressa, trobar el gallet, **DISPARAR** amb punteria i encertar el ballester!

Però en Max no tenia ni idea de com funcionaven les ballestes, mai no n'havia agafat cap. Ni tan sols tenia clar on era el gallet. Només va tenir temps de **serrar les dents**. Amb un moviment espasmòdic, el ballester de l'Oest va desenfundar les armes, va disparar i va clavar dues fletxetes a l'armilla de suro que protegia en Max, que encara intentava treure, a batzegades, la ballesta dreta, que hi havia quedat enganxada.

La Thaís i en Biel es van mirar **entristits**. La noia va treure un gomet vermell de la bossa de gomets i el va enganxar al full corresponent.

—Anem per la desena prova. A veure si hi ha més sort... —va dir a en Biel, que va assentir amb cara de pomes agres.

Es van emportar en Max a l'**EGIPTE ZOMBI**. Mentre caminaven, el van animar i li van explicar que l'última venia a ser una prova d'**espionatge**. I que de fet a la Colla AZ precisament els faltava el perfil de l'espia. Es van aturar davant d'una cabana amb un cartell a la porta que deia «Camerinos. No passeu». En Biel va picar a la porta i es va sentir una veu: «Endavant!». Hi van entrar. Dins hi havia un munt d'actors vestits d'egipcis, asseguts i IMMÒBILS davant de miralls: els maquillaven. En un racó quatre actors amb tot el COS EMBOLICAT amb benes blanques parlaven animats i prenien un refresc. En Biel es va acostar directament a un home que parlava amb tothom i que no parava d'anar **AMUNT** i **avall**. En veure el noi, l'home va somriure i li va donar la mà. La Thaís i en Max s'esperaven a la porta.

—Qui és? —va preguntar en Max.

—El senyor Balaga, un oncle de la Paula i molt amic dels pares d'en Biel. És el director dels espectacles de l'Antic Egipte. Avui n'estrenen un de nou, es diu: «**Ei, hi ha una mòmia darrere teu!**».

En Biel va assenyalar en Max mentre explicava les proves que li feien fer durant tot el dia. L'home va assentir i li va mostrar, alçant un braç, una cadira buida davant d'un mirall. En Biel els va fer un senyal amb la mà perquè s'hi acostessin.

—Bon dia, nois! Tu ets en Max, oi? —va dir el director, afable.

—Sí, senyor Baliga.

—Balaga —el va corregir l'home.

—Baliga-Balaga? —va preguntar en Max, candorós.

—No, només Balaga —va respondre el director, ara molt seriós—. Seu aquí. Maquilleu aquest noi, també, si us plau! —va dir cridant als maquilladors que hi havia més a prop—. I doneu-li també una **túnica esquinçada!** Va, que hem de sortir d'aquí a **CINC MINUTS!**

L'home va marxar. En Max va mirar, amoïnat, els seus amics.

—Però què diu? On he de sortir? Què he de fer?!

—Una actuació —es va afanyar a dir en Biel.

—Has de fer de **ZOMBI EGIPCI** —va explicar la Thaís.

—Primer has d'empaitar els egipcis de la piràmide de Keops.

—I després has de *fugir* dels caçadors de zombis egipcis.

—Però es pot saber de què serveix, això?!

—De moltes coses! —va clamar la Thaís—. Mira, en primer lloc a la vida és molt important saber fer de zombi per passar desapercebut si mai et trobes per casualitat enmig d'un grup de caminants. Això el meu pare sempre m'ho remarca. I, en segon lloc, ja t'ho hem dit abans, serveix per fer-te **ESPIA** i infiltrar-t'hi i descobrir cap a on van, què fan... I de passada fas **CURRÍCULUM** per si mai has de treballar d'actor zombi, que és una bona feina!

—I, a més, és una qüestió d'empatia! —va desenvolupar en Biel—. Posar-se al lloc dels altres sempre ajuda a saber-ne més coses.

En Max n'estava poc convençut, però tot i que va alçar un braç i va estirar el dit índex de la mà i va obrir la boca ja no va poder parlar més. Dues maquilladores el van abordar i li van exigir que s'estigués quiet i callat.

—Queden tres minuts! **TRES MINUTS!** —va cridar enèrgicament el director—. Els que fan de MÒMIA que es posin la careta i vagin ja cap a la porta! Sobretot, a tothom!: imagineu-vos que sou zombis i que teniu gana! **Molta gana!** Us heu de ficar en el vostre paper!

8

MAX, *EL DESASTRÓS*

—Trenta segons i sortim! —va bramar el senyor Balaga.

Just en aquell instant, van acabar de maquillar en Max. El noi es va mirar al mirall i va estar a punt d'**espantar-se** d'ell mateix. Tot i la improvisació i les presses, semblava ben bé un **MORT VIVENT**.

—Va! Tots cap a la porta! Quan s'obri, sortiu de pressa cap a la piràmide de Keops!

En Max va ser l'últim d'arribar a l'aglomeració d'actors que feien de zombi i que esperaven el moment de començar l'actuació. Un noi més gran que ell es va girar i li va dir, somrient:

—Molta merda!

—Però tu de què vas?! —va engegar en Max, ofès.

El noi actor es va quedar parat i el va mirar estranyat.

Capítol 8

—Molta merda igualment! —va exclamar en Biel, que era darrere d'en Max—. Vine cap aquí, Max, vine.

En Biel li va explicar que els actors se solen desitjar molta merda abans d'actuar, que és el mateix que dir «que hi hagi **SORT!**».

—Sobretot —va dir en Biel—, passi el que passi, no corris normal. Recorda que ho has de fer **com un zombi**.

La porta es va obrir i tots els actors van sortir escapats de la cabana, cap a les piràmides. En Max, imitant-los, va començar a avançar coixejant, amb el cap tort, una espatlla amunt i l'altra avall, un braç horitzontal i l'altre penjant, però ell, a més, treia la llengua.

—No treguis la llengua, tu! Que sembla que no hi siguis tot! —va cridar, empipat, el senyor Balaga.

—Has de GEMEGAR! Fort! —va cridar la Thaís.

—Fes veure que gites! —va bramar en Biel.

En Max es va posar a **udolar**. El soroll era més propi d'un **llop deprimit** que d'un **ZOMBI FEROTGE**.

—Ostres —la Thaís es va tapar els ulls—, li costa bastant...

—Molt —va corregir en Biel—. Està atabalat, pobre.

—Sí, massa coses. Max —va cridar—, no facis d'egipci, és igual! Fes només de zombi!

La representació situava l'acció en el moment en què es construïa la piràmide de Keops. Les **MÒMIES** van ser les primeres d'arribar-hi i van *empaitar-ne* els constructors. En Max es va equivocar de piràmide, però de seguida que va rectificar també va perseguir gent. Llavors va sentir un «**OOOOOOOH**» enorme. En girar-se es va adonar que hi havia un munt d'espectadors que els observaven, asseguts en unes **GRADES**. Va continuar ranquejant i estirant els braços, fins i tot es va començar a divertir quan va veure que mòmies i zombis **ATRAPAVEN** persones per menjar-se-les. Però això va durar molt poc.

Es va sentir una trompeta. El públic va cridar d'alegria i va aplaudir molt fort. En Max es va tornar a girar. S'havia acabat la diversió. Un munt de carros de dues rodes estirats per cavalls van irrompre a escena i van començar a caçar zombis amb llaços. Ara en Max deixava de ser un **DEPREDADOR** i passava a ser una **PRESA**.

—Corre, corre! —va cridar la Thaís.

Un carro encalçava en Max.

—Amaga't a la piràmide! —va cridar en Biel.

En Max, nerviós, **aclaparat**, **gambava** tan de pressa com podia a la manera zombi. Però va arribar un punt que va agafar tanta **POR** que va arrencar a córrer normal per fugir. Massa tard. El van atrapar amb el llaç i dos soldats s'hi van llançar damunt per lligar-lo amb una corda des del coll fins als peus. Va ser

EL PRIMER ZOMBI A CAURE i, a l'instant, la Thaís va posar un gomet vermell com una **CASA** de pagès al full d'avaluació. Els dos egipcis caçazombis van agafar en Max com un sac de patates i el van col·locar dret dins el carro. Després, se'l van endur cap a la cabana a poc a poc, ensenyant el trofeu al públic, que **CRIDAVA ENTUSIASMAT**.

—Què tal? Com ho he fet? —va dir en Max en passar per davant de la Thaís i en Biel.

—**PSEEE!** —en Biel es va arronsar d'espatlles.

—**Regular** —la noia va fer un somriure forçat.

Mentre en Max era dins la cabana, la Thaís i en Biel es van reunir per ANALITZAR els resultats.

—El balanç és decebedor —va dir la Thaís, preocupada.

—Ja —en Biel es va ficar un dit al nas—. Si en Charles ho sabés, diria que és **Max *l'Inútil*** o MAX *EL DESASTRÓS!*

—Va, calla, no te'n riguis!

—No, però és així... Què farem? Tu creus que val la pena entrenar-lo en alguna cosa?

—No ho sé. L'únic que no li ha anat malament del tot és el zombipoltre i els 100 metres llisos, però vaja, tampoc no...

—I què li direm, ara?

—Doncs que no ho tenim decidit, que és la veritat. La meva mare sempre diu que, a vegades, per saber trobar la resposta a una pregunta cal dormir-hi.

—Què vol dir, això?

—Que has d'esperar a l'endemà per veure les coses més clares.

És el que van comentar a en Max en sortir de la cabana, després que el *deslliguessin* i que es tragués la túnica **ESQUINÇADA**. Ell, conscient que la cosa no havia anat gaire bé, no va insistir-hi. Es va limitar a agafar l'autobús i a fer tot el trajecte de tornada en SILENCI. Quan la Cinta va obrir la porta de casa va fer un **XISCLE** llarguíssim i es va desmaiar. En Max, ara se n'adonava, encara duia el maquillatge de zombi a la cara.

—Mare, estic bé, sóc jo! —va cridar el noi agenollat a terra, mentre l'agafava d'una mà.

L'Hèrcules va ser el primer a arribar al rebedor. Va emetre un grinyol i es va fer enrere, **espantat**. En Joan hi va aparèixer llavors i va mirar el seu fill amb els ulls petits.

—Però... com és que véns així?

En Max no sabia què dir. Notava una escalfor a la cara perquè s'havia posat vermell, tot i que amb el maquillatge no es veia. Tenia la sensació que el seu pare, ara sí, pel fet d'enxampar-lo així, s'havia adonat del que passava a Morisville.

—Aaaaaaah! Has anat a una **FESTA DE DISFRESSES!** —en Joan ara tenia la cara alegre, il·luminada.

En Max va recuperar el somriure.

—Sí, és clar... i m'ho he passat molt bé, **GENIAL!**

En Joan va assentir satisfet.

—És fantàstic —va dir el pare—, aquest poble és fantàstic! Sempre hi fan activitats!

En Max va **respirar fons** dissimuladament.

—Però què li ha passat, a la Cinta? —va preguntar en Joan, preocupat.

—S'ha espantat quan m'ha vist.

—Ai, aquesta dona que s'acoquina per qualsevol cosa... És ben PORUGA, eh?!

Entre tos dos la van portar al sofà del menjador. En Max va anar al bany i es va dutxar. En tornar, la mare ja s'havia despertat. El va observar seriosa, sense dir res. En Max va abaixar la mirada, sabia que esperaria l'ocasió per demanar-li explicacions i renyar-lo de valent, digués el que digués.

—Me'n vaig a dormir. Estic **cansat** avui... i demà tornen els paletes —va dir en Joan.

Mare i fill es van quedar sols. L'Hèrcules ja era dins la seva caseta, al jardí.

—Avui he anat a berenar a casa dels veïns. La Teresa m'ha explicat que l'ESTADI olímpic és dins del Zombi Park.

—Ah, així ja el coneixes...

—Me n'ha fet cinc cèntims. M'ha dit que és molt gran i DIVERTIT.

—Sí, és gran.

En Max estava sorprès. La seva mare parlava sense cap to ni cap gest de censura.

—I t'ho has passat bé, oi?

—Sí... però... no estàs enfadada?

—Per què ho he d'estar? No has caçat zombis, oi?

—No.

—Doncs ja està. L'únic que et demano és que vagis amb compte, Max. No vull que et passi res. La resta em pot agradar més o menys però ho entenc. Hem vingut a viure a MORISVILLE i ens hi hem d'adaptar. Jo també —la Cinta va fer una pausa—. Va, vés a sopar, que és tard, el tens a la cuina.

El noi va somriure. Quan ja se n'anava, la mare el va cridar:

—Ah, per cert: un altre dia que et disfressis de zombi avisa'm o treu-te el maquillatge, d'acord?

Mentre sopava, en Max va sentir els missatges de cada nit emesos a través dels altaveus de la població. A les deu va sonar l'últim:

«**DING DANG DOOONG – DING DANG DOOONG**. MORISVILLENCS I MORISVILLENQUES, JA SÓN LES DEU EN PUNT. ÉS L'HORA. TANQUEM LA PORTA! FINS DEMÀ AL MATÍ, TANQUEM LA PORTA!».

Després, en tornar al menjador, va veure que la Cinta llegia amb molt d'interès un llibre.

—Quin és?

—*El meu ofici*, de Tony Calero. Són les experiències d'un **CAÇAZOMBIS PROFESSIONAL** jubilat. Me l'ha deixat la Teresa.

—Encara no han instal·lat l'antena de la tele?

—No, no funciona.

—Doncs me'n vaig al llit —va dir el noi—. Potser llegiré una mica, també.

En Max es va estirar i va obrir el llibre que la Thaís li havia regalat. Es titulava *El llenguatge dels zombis*, de Jack Steel Olano, un especialista en **comunicació zòmbica**. El va fullejar. L'obra no només tenia text, sinó també exercicis, amb les solucions al final del llibre. «Em queden tantes coses per aprendre...», va pensar.

9

LA MILLOR DEFENSA, L'ATAC

En Max es va despertar, com cada dia feiner, amb les veus estrepitoses dels paletes. Després de vestir-se i esmorzar, va agafar la motxilla i va sortir.

—Espera'm, Max, que vinc amb tu! —va cridar la Cinta.

—M'acompanyes?

—Tinc una **entrevista** de feina amb la directora de l'escola. Necessiten algú que substitueixi la senyora Camallonga, l'antiga professora de Medi. Em sembla que encara no l'han trobada.

La Camallonga s'havia transformat en **ZOMBI** un dia que havia anat a caçar cargols al **BOSC** amb el seu marit, el senyor Falla, el profe de mates que en Max havia ajudat a capturar.

—Hola, senyora Rigau.

La Thaís esperava en Max al CARRER per anar junts a l'escola.

—Hola, maca.

—Ei, Thaís —va dir en Max—. Tu saps si ja han agafat la profe de Medi?

—No, encara no. A més, potser ja s'ha convertit en una **quickzomb**... I si és així, ja podem anar alerta.

—Per què? —va preguntar la Cinta.

—Abans ja no tenia gaire bon caràcter —va afirmar la Thaís—, i ara, de zombi en fase 2, no m'ho vull ni imaginar.

A mig camí, un noi els va donar el diari gratuït del poble: *La Veu de Morisville.* A la portada hi havia una notícia que va sorprendre tots tres, però sobretot en Max i la Thaís, que l'havien vist el dia abans.

Quan van arribar a l'escola, els nens i la Cinta es van separar.

—Thaís, ja heu valorat les proves d'ahir? —va preguntar en Max mentre pujaven l'escala per anar a classe.

Tito Solé, DESAPAREGUT!

Zombi Park. Tito Solé, el conegut corredor-esquer de zombis, va desaparèixer ahir al zombídrom mentre participava en la sessió matinal d'entrenaments de James Farrall, el plusmarquista zombi mundial dels 3.000 metres obstacles. En paraules a aquest diari, l'entrenador de Farrall va manifestar: "És cert que hi va haver un petit incident durant l'entrenament. En James el va atrapar i el volia mossegar, com és normal, però en Tito se'n va separar i se'n va anar la mar de tranquil. No va passar res". Un físio va declarar: "El Tito és un esquer extraordinari. El necessitem si volem que en Farrall arribi en el millor estat de forma als Jocs. Espero que el trobin aviat". Un zombiòpata amic seu va assenyalar: "Potser només se n'ha anat a la muntanya a empaitar senglars. A vegades ho fa, això". En James Farrall no va fer declaracions.

—No, avui a la tarda ens reunirem i decidirem.

No en van parlar més.

Mentrestant, la senyora Liliana Caupena, la directora de l'escola, va rebre la Cinta al seu despatx.

—Segui, si us plau.

—Gràcies.

—Em va comentar que estava interessada a treballar amb nosaltres de **professora de medi**, oi?

—Sí, en tinc **experiència** i em faria il·lusió tornar-m'hi a dedicar. Li porto el meu currículum.

La directora el va fullejar; després, va aixecar la mirada.

—Miri, li seré sincera. Com ja deu saber, la situació a Morisville és complexa. Malgrat que prenem **PRECAUCIONS**, hi ha molta gent que es converteix en zombi i, al final, cada cop som menys per fer les coses. Ens va molt bé el seu oferiment, la necessitem.

—Per tant, els interessa que treballi amb vostès?

—Sí.

La directora va somriure una mica i la Cinta, molt. Però llavors la senyora Caupena va canviar l'expressió d'alegria per la de pena, i va continuar parlant:

—Ara bé, per poder-ho fer, hi ha un requisit indispensable.

—Un **requisit?** Quin?

—La seva actitud. Cal que assumeixi la qüestió zombi. Sé que arribar a Morisville i trobar-se amb una realitat així ha de desorientar, però és bàsic interioritzar-ho. I com a professora encara més. Precisament, el senyor Falla i la senyora Camallonga eren dels que feien veure que aquí no passava res. Per això se'n van anar tranquil·lament al **BOSC** ignorant el **PERILL**.

—I per això els van mossegar i es van convertir en zombis...

—Exacte.

—I jo què he de fer?

—Treballar estretament amb la professora de Medi Zombi, amb el de Música Zombi, la de Llengua, Cultura i Societat Zòmbica..., amb tothom que imparteix aquestes assignatures. És bàsic que com a professional entengui que **TOTS ANEM A UNA**. Totes les assignatures, tant si són de caminants com si no, són divisions d'un únic tot. Això cal transmetre-ho als alumnes, i vostè especialment al seu fill, que s'ha d'EMMOTLLAR a la nova realitat.

—Em penso que en Max no té gaires problemes en aquest sentit. Dissabte fins i tot va anar a caçar un zombi amb la Colla BZ o PZ o no sé què... —va dir enfadada.

La senyora Caupena va fer uns ulls com unes taronges.

—Amb la **COLLA AZ?** De veritat? Això va fer?!

—Sí, és horrible. Fa patir, aquest noi. Estic ben disgustada.

—Disgustada?! Jo n'estaria ben **ORGULLOSA!**

—Què vol dir?

—Doncs que aquest és el camí a seguir! Miri, hi ha famílies que s'estimen més que els nens visquin aliens a la realitat zombi, però nosaltres, com a escola, els inculquem l'**esperit de lluita**. Les Divisions AZ són un exemple per a tothom!

—Però és perillós...

—En principi, la Colla AZ només té autorització per caçar zombis en fase 1, és a dir, **ZOMBIS BABAUS**.

—No deixa de tenir risc.

—Sí, però no creu que és pitjor no estar-hi preparat? Cinta, a Morisville la millor defensa és l'atac, no pas fer l'orni. Que en Max s'avingui amb aquests nens és una GRAN NOTÍCIA.

Al cap d'una estona, la directora li va presentar alguns membres del cos de professors. La setmana entrant començaria a fer-hi classes.

En sortir de l'ESCOLA, la Cinta va tornar capficada a casa. No parava de donar voltes a les sorprenents revelacions de la senyora Caupena. Les entenia, però no les compartia del tot. Tenia por que fessin mal a en Max, no volia que el seu fill es dediqués a caçar zombis. Es va plantejar que era ben cert que era millor que sabés algunes coses i tingués certes HABILITATS, però va considerar excessiu que empaités zombis, perquè el més normal era que, en tot cas, els zombis l'empaitessin a ell.

La Cinta va entrar a casa. De fons, se sentien els paletes, que parlaven, i els fusters, que picaven. Estava NEGUITOSA i tenia moltes ganes d'acabar de cosir un

NINOT d'aquells tan lletjos que feia. Abans, però, es va girar. Va mirar el seu marit i el gos. En Joan era feliç com un nen vivint en la ignorància, i ja convenia deixar-ho així. Però l'Hèrcules, vivaç com un cadell, havia de saber la VERITAT. O, si més no, intuir-la. La Cinta creia que, tot i ser un quadrúpede de ciutat acostumat a jeure i dormir, era capaç de protegir-los. Per això, aquella nit, quan en Joan ja se n'havia anat a dormir, va demanar a en Max que expliqués al gos la realitat de Horisville. No cal dir que l'Hèrcules va quedar ben PARAT.

10

LA POR D'EN CHARLES

L'endemà, a l'hora del pati, en Charles va fer que **NO** amb el cap.

—És absurd —va dir—, en Max no serveix per a això. No ens pot ajudar en res.

—**El volem entrenar**. Li veiem alguna possibilitat —va respondre la Thaís.

—Sí —va corroborar en Biel, que després va BADALLAR i va continuar menjant llavors de gira-sol.

—Encara que el prepareu, no li veig cap habilitat. No estic d'acord amb vosaltres, no té res per millorar! —va exclamar en Charles.

—És un bon noi —va dir la Thaís— i té la voluntat de superar-se.

El comandant va fer una GANYOTA burlesca.

—La voluntat és un bon principi, però mai no és suficient.

La Paula no deia res. Els escoltava i, de tant en tant, observava en Max, lluny d'ells perquè, aquest cop sí, havia acceptat de jugar a futbol amb altres nens. En Max, al seu torn, com que feia de porter, no deixava de mirar els membres de la Colla AZ.

—Però, i la meva **INTUÏCIÓ?** —va preguntar la Thaís—. I el **SOMNI** i la **VISIÓ** d'en Biel?!

—La teva intuïció val tant com la meva: res —va dir en Charles—. I en Biel també es pot equivocar alguna vegada. I tu què hi dius? —el comandant es va adreçar a la Paula.

—Jo no sé per què però... crec que li hauries de donar **UNA OPORTUNITAT**.

Tots van mirar en Charles, que va semblar **decebut**. Després va girar el cap a una zona buida del pati i va quedar pensatiu. Al cap d'uns segons es va aixecar i els va dir gairebé cridant.

—No ho entenc, no té res de particular! Què li heu vist?! I què voleu que us digui si el voleu entrenar?

Jo crec que és una pèrdua de temps, però feu el que vulgueu!

En Charles se'n va anar a pas lleuger i **rondinant**. En travessar el pati, va passar pel mig de la pista de futbol sala i va mirar de reüll, no gaire amistosament, cap a la porteria on hi havia en Max.

—Però, què li passa? —va fer la Paula.

—Que s'ha **ENFADAT** —en Biel ara encetava una bosseta de blat de moro torrat.

—Home, ja, però per què?

—Jo crec que en Charles se sent una mica SOL —va comentar la Thaís—. És la primera vegada que tots estem d'acord a fer una cosa que ell no vol fer.

—Que en voleu? —en Biel els va acostar als morros la bosseta oberta de blat de moro.

—No, gràcies —va dir la Thaís.

La Paula va fer que no amb el cap.

—De fet, si som objectius, en Charles té raó quan diu que en Max no pot ser de la Colla —va intervenir-hi la Paula—. Ho vau veure ben clar al **ZOMBI PARK**, oi?

En Biel i la Thaís van assentir.

—Però... —la Paula va continuar, pensarosa— és curiós, perquè em passa igual que a vosaltres: hi ha alguna cosa dins meu que em diu que en Max és... **ESPECIAL**.

En Biel no parava de mastegar blat de moro i feia molt de **soroll**, però es va aturar un instant per intervenir:

—Ah, doncs deu ser que en Charles no ho ha intuït, això.

La Paula va assentir lleugerament per donar la raó a en Biel.

—O potser és al revés. **Potser també ho ha intuït** —va sentenciar la Thaís.

En Biel i la Paula la van mirar sorpresos.

—Què vols dir?! —va preguntar la noia.

—Que potser en realitat té **POR** —va aclarir la Thaís.

—Por, ell?! —va exclamar en Biel—. No diguis besties! Si és el més **VALENT** de tots, capaç d'enfrontar-se a un munt de zombis tot sol! Ja el coneixeu, ostres!

—Sí, precisament, ja el coneixem... —va dir la Thaís—. Potser no té por dels zombis, és cert, però potser el que tem és que nosaltres deixem de creure en ell.

Tots tres van quedar en SILENCI uns segons.

—Jo crec —va fer en Biel, mentre tornava a mastegar blat de moro i en buscava més amb els dits dins la bosseta— que no n'hi ha per a tant...

—Sí, se li ha GIRAT EL CAP i ja està —va treure ferro la Paula.

—És clar —va reforçar en Biel—, en Charles no té res a perdre si posa a prova en Max...

—Vols dir, Biel? —va preguntar la Thaís—. Jo no ho veig tan clar. Em fa l'efecte que ell deu pensar precisament el contrari.

En Biel es va arronsar d'espatlles, insegur. La Paula, no va dir res, plena d'interrogants. Després d'uns breus instants de reflexió, van haver de tornar a l'aula per reprendre les classes.

11

LA GRAN DECISIÓ SOBRE EN MAX

Aquell matí en Max, que seia a classe amb en Biel i que tenia la Thaís i la Paula davant, va intentar parlar amb ells del tema que el preocupava, però no en va treure l'aigua clara. Ni la tèrbola. Li van dir que ja en parlarien en sortir del col·le, a la tarda. I, així, el matí i el migdia va anar passant molt A POC A POC.

A les tardes, com era habitual, els alumnes de sisè de primària feien les anomenades assignatures C, de **CAMINANTS**, dedicades a la interacció amb el món dels zombis. Com que aquell dia era dimarts, tocava classe de **MÚSICA ZOMBI** a primera hora. El professor, el senyor Sebastià Bach i Vivet, els va posar un DVD de ballet clàssic i morts vivents. En les imatges, un grupet de **ballarines zombis** del Centre de Reciclatge dansaven amb tutú. El senyor Bach en va analitzar l'expressivitat i la flexibilitat (poca), els salts i els estiraments (minsos), la gracilitat i la finor (escasses) i la capacitat d'anar de puntetes (nul·la, de moment). També es va fixar en la *rotació*, un concepte que incloïa dues vessants: d'una banda, l'habilitat en el gir sobre una mateixa, amb resultats decebedors, i, de l'altra, el nombre i la qualitat dels **ROTS** emesos mentre ballaven, faceta en la qual sí que destacaven.

A segona hora van fer **MEDI ZOMBI**. La Marina Pujol de la Conreria, que n'era la professora, els va dir que la platja era un bon medi per als zombis. En Max, no ho acabava d'entendre: no sabia si es referia al fet que el mar era un bon lloc per defensar-se dels caminants o si, per contra, era un medi on es trobaven com els peixos a l'aigua (o com els zombis a l'aigua). Però la professora va continuar explicant-ho i va esvair tots els dubtes. En realitat, es referia a les excursions que feien de tant en tant a la platja. Com a mínim una vegada, perquè era molt saludable. Com a màxim dues, perquè era molt ARRISCAT.

Quan va sonar el timbre del final de les classes, el **cor** d'en Max va fer un **BOT** enorme. Havia arribat l'hora de parlar amb la Thaís i en Biel sobre el seu entrenament. «Sobretot hem de ser **DELICATS**, eh?», va demanar la noia a en Biel en baixar l'escala. «Sí, sí», va respondre ell, distret, mentre parlava i reia amb un company de classe. Van seure tots tres, sols, en una grada al pati.

—Va, parleu d'una vegada, si us plau —va reclamar en Max.

—D'acord —va dir la Thaís—. Ho hem valorat tot plegat i... ja ho tenim decidit. La valoració de les proves és...

—**MOLT NEGATIVA** —la va interrompre en Biel mentre es rascava la panxa—. Una pena. Una catàstrofe. No ens pensàvem que ho fessis tan malament.

En Max i la Thaís es van quedar amb la boca oberta. Ell no s'esperava tanta sinceritat apocalíptica; ella no es pensava que la delicadesa d'en Biel fos tan minsa.

—No em mireu així —va fer en Biel—. A banda dels 100 metres llisos i el zombipoltre no hi ha res de bo!

—De veritat? —va fer en Max, **pàl·lid**, que es va girar per mirar la Thaís.

—Mmm, sí, és cert, però de tota manera hem decidit entrenar-te.

—Ah, sí?!

La noia va assentir i va somriure.

—*Fantàstic!* Mireu, precisament us volia preguntar si podia venir també l'Hèrcules, sabeu qui és, oi?, el meu gos, perquè ell necessita córrer més, està una mica gras i...

—És que no va de córrer, la cosa —el va interrompre en Biel.

—No?

—**NO** —va dir la Thaís—. El que et volem proposar és ben diferent. Hem pensat que, al capdavall, perquè en Charles et pugui acceptar, has de saber fer alguna cosa que ens sigui útil. Corres bastant i saltes bé, però això ho fa millor la Paula. El que necessitem és un **ESPIA**, algú capaç d'infiltrar-se entre els zombis.

En Max feia cara de XIMPLE, no entenia res.

—Ho vas fer **fatal** a l'Egipte Zombi. No sembla que tinguis gaire futur com a actor zombi, però tot i això, és just el que necessitem.

—Exacte —va fer la Thaís—. Has d'aprendre a girar més el coll, a arrossegar una cama, a GEMEGAR com si tinguessis una xinxeta clavada al peu...

—Però quina finalitat té, això? —va dir en Max.

—A les **MUNTANYES** hi ha cada vegada més zombis, i alguns són una mica intel·ligents i tot.

—Els de la fase 3 —va aclarir en Biel—. Molts d'aquests zombis encara estan en llibertat. Són difícils de capturar.

—Com sabeu que tenen **intel·ligència?** —va preguntar en Max.

—Perquè a vegades grupets de zombis han atacat Morisville per **SORPRESA**. Això vol dir que, d'alguna manera, n'hi ha alguns que s'organitzen —va explicar la Thaís—. És molt important tenir algú capaç de passar-hi desapercebut per espiar-los. No se'n troba, de gent així...

—No n'hi ha a la Brigada Caçazombis? —va demanar en Max.

—Fins fa poc temps sí... —va dir en Biel—, hi havia un actor molt bo, el millor, però el van descobrir. I ara és un zombi, també.

—Doncs quin panorama... —va objectar en Max.

—Això és el que et podem oferir, ser l'**ESPIA DE LA COLLA AZ** —va dir la Thaís.

—A en Charles potser li agradarà la idea! —en Biel va alçar el puny.

En Max va dubtar uns segons. Tot allò era molt arriscat, però, d'altra banda, era la seva oportunitat.

—D'acord, fet! —va respondre—. Però com va, això? M'entreneu una setmana i després demaneu a en Charles que em faci una prova? —va somriure.

En Biel i la Thaís es van mirar amb els ulls molt oberts. Després es van girar cap a en Max i van fer que no amb el cap.

—Em sap greu però això és a LLARG TERMINI —va dir la noia—. L'entrenament no dura ni una setmana ni un mes. Com a mínim, sis mesos.

—Però, mentrestant no puc ser de la Colla AZ?

La Thaís i en Biel van dir «**NO**» a la vegada.

12

SER PRESA O SER CAÇADOR, VET AQUÍ LA QÜESTIÓ

—La directora de l'escola m'ha dit que cal estar preparat, que s'ha de ser molt actiu, i valent, però jo no ho veig clar...

—A veure, amiga Cinta, et seré sincera. A **Morisville**, o ets presa o ets caçador, no hi ha punt intermedi. Pots anar tirant sense involucrar-te en el tema, però un dia o altre et trobaràs amb un **ZOMBI** de cara, i llavors t'hauràs de defensar. No tindràs cap altre remei. I si no t'has entrenat, ja saps què pot passar.

—Ja, potser tens raó...

Aquella tarda la Teresa, la veïna llibretera, havia anat a prendre cafè a cal Rigau. La Cinta, incapaç encara d'assumir la realitat de Morisville, necessitava parlar de les seves inquietuds. En aquell moment van sentir el pany de la porta de casa i els **PASSOS** d'un home i d'un gos.

—Hola, com anem? —va fer en Joan en entrar al menjador i veure la Teresa.
L'home feia cara d'amoïnat. La Cinta es va adonar que estava neguitós perquè no parava d'**arrufar el nas com un conill** i les ulleres li anaven **AMUNT** i **avall** a gran velocitat. Era un tic nerviós que, precisament, feia posar dels nervis.
—Mireu què he trobat en una **PARET**! Què vol dir, això? —va dir amb la veu escanyada.
En Joan va desplegar un cartell que duia enrotllat a la mà. Hi deia: «Diumenge al matí, taula rodona: Estratègies metodològiques per motivar els nostres zombis a l'hora de fer les feines de casa. Participants: Martin Hill, màster en Bricolatge zombi; Susanne Parker, catedràtica en Psicologia zombi; Magí Befaràs, interiorista zombi, i Josep Tallat, autor de *Per què els zombis no han de planxar*».
Les dones van barrinar uns instants, els costava trobar un bon argument.
—És de per riure, Joan! —va reaccionar la Cinta—. Aquí, a Morisville, són molt de la broma!

—Sí, ja m'ho imagino, estimada. Ja sé que els zombis no existeixen! Que et penses que vinc de l'**HORT?!** Però és estrany... Després de llegir el cartell, m'hi he fixat i n'he vist un altre i un altre i... tots parlaven de zombis! Que si un concert de rock per a zombis, que si la Fundació El Zombi Indòmit, que si una exposició de quadres d'artistes locals i zombis... No ho entenc! **De què parlen?**

Es va fer el SILENCI. En Joan va mirar la Teresa. Sabia que una morisvillenca li podia donar les respostes que necessitava. La Cinta se sentia **aclaparada**, es va passar la mà pel front i va **esbufegar**. L'Hèrcules se'n va anar a jeure en un racó del menjador i va amagar el morro entre les potes.

—És una **llegenda** —va dir, amb fermesa, la Teresa tot i que els seus peus no paraven de bellugar.

—Què?

—És una tradició oral molt antiga i molt pròpia d'aquí. Ve de l'**EDAT MITJANA**.

—Ah, sí? —en Joan es va rascar la barbeta, atent a les seves paraules—. I què diu la llegenda?

El brau cavaller Guillem Aimat de Besalú es va enamorar bojament de la filla del comte de Morisville, Blancaflor Gallimó, i ella d'ell. Però just quan començaven a festejar, Besalú i Morisville van entrar en conflicte, i llavors el pare de la noia va prohibir als enamorats que es veiessin. El pobre Guillem, acampat al bosc, gemegava a les nits

del mal de cor que tenia i, també, de la gana que passava. De dia, anava a Morisville per demanar poder veure l'estimada, però sempre rebia un «NO» per resposta. I ni tan sols el deixaven entrar els dies de mercat, tot i que només hi volia comprar una síndria per hidratar-se una mica...

Però llavors, una nit, es va acostar a la muralla, va llançar-hi una corda i va començar a escalar-la. Va ser la mateixa Blancaflor qui va lligar la corda als merlets, i ho va fer tan malament, que la corda es va deslligar i el brau cavaller Aimat va caure d'una gran altura. La trompada va ser impressionant i va morir.

Diuen que llavors, la Blancaflor Gallimó, enrabiada, va demanar ajuda a una vella bruixa del bosc, que va posar un ungüent màgic damunt del pit del cos del cavaller i el va fer tornar a la vida.

La pena és que va tornar diferent, com un zombi. Es va menjar primer la bruixa i després la filla del comte, i des d'aleshores es diu que Guillem Aimat continua corrent per aquests boscos, gemegant de malenconia i terriblement afamat.

—Quina història tan **trista** —va comentar la Cinta.

—Nyec —va *grinyolar* el gos.

—I bonica —va valorar en Joan, **COMMOGUT**—. Té un fons molt tendre.

—D'alguna manera significa el triomf de la mort sobre l'amor —va explicar la Teresa— i, alhora, de la vida sobre la mort.

En Joan i la Cinta van fer que sí amb el cap tot i que no ho havien acabat d'entendre.

—Per això la paraula **ZOMBI** s'utilitza amb tanta naturalitat, aquí —va continuar la Teresa—. Tot i que sempre es diu per dir, sense cap sentit últim.

—Aaaaaah! —va fer en Joan amb el rostre il·luminat—. És com els **BARRUFETS!** Que sempre **BARRUFEN!**

Les dones i el gos van mirar astorats l'home de la casa.

—Els barrufets fan servir el verb barrufar per a tot! —va insistir-hi, emocionat.

—**Igual, igual!** —va corroborar la Teresa.

—És veritat! —va exclamar la Cinta, que va fer un somriure forçat.

—Bff —l'Hèrcules va esbufegar.

—Sí, mmm, aquí passa una mica com a **TRANSSIL-VÀNIA** —va comentar la Teresa—. Allà tot el dia parlen de **vampirs**. Aquí, de **zombis**.

—És clar, és clar —en Joan, satisfet, va deixar de rascar-se la barbeta—. Que bo! És divertidíssim! Molt bé! Gràcies per les explicacions.

—De res, home —va fer la Teresa.

—Vaig a mirar què fan els paletes a dalt. Ostres... **MORISVILLE** és increïble —va dir en Joan per a ell mateix, content, mentre se n'anava.

El van sentir pujant l'escala. La Cinta i la Teresa es van mirar i van esclafir a riure.

—Però com pot ser que tinguis tanta imaginació?

—Mira, de llegir llibres... —va dir la llibretera.

Després, van quedar **serioses**. La Teresa hi va parlar amb un to de veu transcendent.

—Cinta, has de **DEFENSAR** el teu home. Dorm a la palla, pobre.

—Escolta, ja saps que no vull que ho sàpiga, és massa xocant, no li convé.

—Sí, ho entenc, però precisament per això has de fer alguna cosa per la teva família.

—Què vols dir?

—T'has de fer **CAÇADORA DE ZOMBIS**.

—I ara! Però què dius?!

—Tal com ho sents. I en Max, **també**.

13

UN CANVI DE PARER INESPERAT

En Max es va **enfadar** molt. No va voler tornar a casa acompanyat de la Thaís, sinó que se'n va anar directament a casa d'en Charles. En arribar-hi, va picar al timbre amb **INSISTÈNCIA**.

—Què hi fas aquí, **NEN?**

—Vull parlar amb tu ara mateix. Deixa'm passar, que no et faré perdre el temps: seré clar i directe!

En Charles, sorprès, el va fer entrar i, per poder parlar amb tranquil·litat, el va portar al **GARATGE**.

—Quina pudor! És pitjor que la de l'altre dia! —en Max es va tapar el nas amb els dits.

—Encara no han arreglat la fuita de la CANONADA que baixa a les clavegueres.

—No sé com tens el valor de fer que la Colla es reuneixi aquí.

—I on vols que anem, nen? Des que vas arribar que ens vam quedar sense **QUARTER GENERAL!**

La Colla AZ solia quedar a la casa on ara vivia en Max i que abans estava abandonada. Amb l'arribada de la família Rigau, havien hagut de buscar un altre lloc per reunir-se. De moment, l'única opció era el garatge, brut i pudent, que hi havia a casa d'en Charles.

—Què vols, nen? Va, digues, que tinc coses a fer!

—N'estic **TIP**. L'únic que feu és posar-me traves. Que si entrenament, que si proves, que si... *Prou!* No puc més. Et vinc a demanar una cosa: una **PROVA DEFINITIVA**, la que tu vulguis, per més difícil que sigui.

En Charles va escoltar seriós en Max, el qual, en veure que el comandant considerava la seva petició, va continuar parlant amb total convicció.

—Charles, escolta'm bé. Aquesta és la **proposta**: si supero la prova seré membre de la Colla AZ; però si no, et prometo que no us molestaré mai més. Ho deixaré estar.

En Max va oferir la mà a en Charles per tancar el tracte. El comandant, si bé va dubtar, va encaixar-hi la seva.

—D'acord, **NEN** —va dir—. Però serà avui mateix, **AQUESTA NIT**.

Mentrestant, la Cinta i la Teresa triaven un bombó d'una capsa i continuaven la conversa.

—Jo era caçadora de zombis —va confessar la Teresa.

—Ho dius de veritat?!

—Sí, noia, sí, i no saps com ho trobo a faltar a vegades... era emocionant —va sospirar—. Caçàvem a Sierra Morena, prop de Despeñaperros, saps?, jo sóc d'aquella zona... Era una adolescent quan el meu pare me'n va ensenyar. De fet, ell no volia que ho fos, però un dia es va presentar el lampista que solia venir a casa a fer reparacions convertit en **zombi**. Em va empaitar i, quan ja gairebé em tenia atrapada, va aparèixer el meu pare i em va salvar. El va **ESTABORNIR** amb un trombó.

—Amb un trombó?

—Sí, el meu pare era músic i va haver de fer servir el primer que tenia a mà. El trombó va quedar tort i inservible.

—És clar.

—I des d'aleshores que va decidir formar-me. Vaig aprendre a utilitzar coladors, paelles, cassoles, gerros, timbals, platerets, saxofons, guitarres i moltes més coses en la **LLUITA ANTIZOMBI**. Pensa que en aquell temps no hi havia els avenços ni les màquines especialitzades d'avui dia, els mètodes eren més rudimentaris. Fèiem servir el que teníem a casa.

—Ja m'ho imagino...

—Ara bé, tampoc no ens hem d'enganyar, mai no vaig ser gaire hàbil. Això, com tot, s'ha d'aprendre de ben petit per fer-ho d'allò més bé.

Un dia vaig confondre un senyor que tenia lumbago amb un zombi. Li feia mal i GEMEGAVA molt, caminava ben TORT... Vaig córrer cap a ell ben decidida i li vaig donar un cop de paella tan fort al cap que es va desplomar a l'instant. Pobre, encara avui li faig una trucada cada any pel seu aniversari per demanar-li disculpes.

—Quin detall tan BONIC.

—Sí, però encara avui quan em sent em penja.

—Ostres, quin greu.

—Hi ha gent molt rancorosa, al món.

—I ja no caces?

—No, ho fa el meu marit. Això és el que et volia dir, Cinta. A casa sempre hi ha d'haver un caçador de zombis, el pare, la mare, l'avi, l'àvia, els nens o qui sigui, tant se val, però almenys un. Jo ho vaig deixar perquè en Joseph és de la **BRIGADA CAÇAZOMBIS** i ja estem protegits. Si no, encara ho faria.

—Ja ho entenc, ja —va dir, amb sinceritat, la Cinta.

—Pensa que els zombis fan coses ***inesperades***, vull dir que poden aparèixer al teu jardí un dia qualsevol i muntar-te un pollastre, així, sense avisar.

La Cinta va assentir i va quedar pensativa. Certament, la imatge d'un mort vivent circulant pels voltants de la casa la feia sentir contrariada.

Al cap d'una estona la Teresa va marxar i, després, va arribar a casa en Max, molt seriós. A l'hora de sopar, al noi li costava menjar.

—No tens gana? —li va preguntar en Joan.

—No gaire —va respondre en Max.

—I tu tampoc? —va dir en Joan a la seva dona, en veure que no es decidia a menjar-se el caldo. Ella es va arronsar d'espatlles.

—Caram, quina alegria que porteu a sobre! Qualsevol diria que heu vist un **FANTASMA!** O un **vampir!** O un ***zombi!***

En Joan va riure molt. Va ser l'únic.

En Max se'n va anar de seguida a la seva habitació. Va agafar *El llenguatge dels zombis* i es va estirar al llit vestit. Just quan pretenia començar a llegir-ne un fragment, la Cinta va entrar-hi i va tancar la porta.

—Hola, Max.

—Hola, què passa?

—Mmm, res d'**ESPECIAL**.

La Cinta, indecisa, va mirar a terra, i en Max a ella, estranyat.

—Mare, no t'amoïnis, no he anat més a caçar zombis.

—No, no és això. Al contrari. M'he adonat de com van les coses aquí, saps?, i... ja en parlarem però...

—No t'entenc, mare. Si no parles més clar...

—Només et volia dir que vull que tornem a parlar de tot plegat. Potser no seria dolent del tot que... fossis... **caçador de zombis**.

—**QUÈ?!**

—Ja m'has sentit. M'ho he rumiat molt i potser ens convé i tot, t'ho explicaré amb calma en un altre moment.

En Max es va pessigar a la cuixa i li va fer mal. El que vivia era **REAL!**

—Però jo també, eh? —va continuar la Cinta.

—Tu també què?!

—M'hauria de fer caçadora de zombis. Amb tu. Tots dos.

En Max estava com **planxat** damunt del llit. Planxat, plegat i a punt de ser ficat dins d'un armari. Això sí que no ho hauria dit mai. Ella, que més aviat era dona d'*arrencar a córrer* quan detectava la presència amenaçadora d'un centpeus o d'un gripau.

—Però si ho féssim... ens hauríem de preparar amb temps, eh? —va continuar la mare—. Vull dir que abans de saber-ne, no es poden córrer **riscos** innecessaris, ho entens, oi?

En Max es va limitar a fer que sí amb el cap perquè encara no podia articular cap paraula.

La Cinta se'n va anar satisfeta, però el noi es va quedar preocupat a l'habitació. Va pensar que si ella sabés el que havia de fer aquella nit no estaria tan contenta. En Max va mirar el RELLOTGE i va esbufegar. Encara faltaven més de dues hores.

14

NIT DE PERILL

En Max, després de llegir una estona, va voler posar en pràctica la primera activitat que proposava el llibre de Jack Steel Olano.

Però en plena activitat, en Joan, que va passar per davant de l'habitació del seu fill, en va sentir els GEMECS i va obrir la porta alarmat. Es va **espantar** molt en veure en Max d'aquella manera.

—Et trobes bé, fill? —va cridar, pàl·lid.

—Sí, sí, és que anava descalç i m'he donat un cop de peu al moble —va explicar, enrojolat, el noi alhora que recuperava la verticalitat total—. M'he fet molt **MAL**, però ara ja està. De veritat.

El pare se'n va anar un pèl desconcertat, però tranquil, i en Max va continuar practicant l'activitat gemegant molt fluixet.

Capítol 14

Activitat 1. Ara, fes servir l'empatia per entendre els *hobbles*. Segueix les instruccions i caminaràs com un zombi babau.

1. Posa't dret i doblega el coll tant com puguis, procurant que la boca quedi més amunt que els ulls. Si bé no ho aconseguiràs, adoptaràs una de les seves postures habituals.
2. Doblega un turmell al màxim. Un zombi arrossega un peu sempre, és com un senyal d'identitat.
3. Alça un braç més que l'altre, situa'ls en vertical i mou els dits com si volguessis atrapar alguna cosa. Segons Smith & Marinelli, quan fan això vol dir que estan il·lusionats de fer un bon àpat aviat.

4. Gemega com si tinguessis punxades a la panxa i cagarrines. Camina arrossegant el peu cridant, però sense pronunciar paraules i com si haguessis d'anar al lavabo corrent, però sense córrer.
5. Fes-ho uns quants cops imaginant-te que no hi arribes, conscient que al final sucumbiràs a la força del baix ventre. Gemega en conseqüència, sense pensar en res més, amb una expressió diarreica sincera.

En aquell instant, a fora va sonar a través dels altaveus el «MORISVILLENCS I MORISVILLENQUES...» de cada nit. Tancaven la porta de Morisville.

Al cap de dues hores, va marxar sense fer soroll. Tots dormien: a casa, els pares; a la caseta del jardí, l'Hèrcules. En Max va trobar uns CARRERS buits i silenciosos, que feien que els seus passos ressonessin enmig de tot de cases amb les persianes abaixades i les portes i finestres tancats i barrats. A més, hi havia pocs fanals i feien molt POCA LLUM. Ja a prop de la MURALLA, es va aturar en el lloc convingut. Va observar l'entorn. Estava sol.

Llavors va sentir un gemec llunyà de **zombi**, procedent de l'exterior. Li van començar a **tremolar** les cames. Va pensar que allò era una bogeria, que el millor era tornar a casa. Quan ja girava cua, va sentir un soroll. En la penombra d'un racó entre dues cases, li va semblar veure una presència, una figura humana que el mirava.

—Veig que has vingut, **NEN**.

En Max va esbufegar per tranquil·litzar-se.

—És clar, Charles, què et pensaves? No tinc **POR**, jo.

—Millor, no n'has de tenir per superar aquesta prova. Segueix-me.

Es van acostar a la muralla en silenci. A la part de dalt hi havia policies que vigilaven l'exterior, il·luminat amb uns focus molt potents, i l'entrada del poble estava tancada amb una porta de fusta molt **GRUIXUDA** i **antiga**, una altra de metàl·lica darrere i una tercera de reixada. Un policia hi feia guàrdia.

—Però si no es pot sortir!

—Sssss! Calla, nen, que ens enxamparan! —el va renyar en Charles—. Vine, hi ha un **pas subterrani**.

De seguida van arribar a una porta inserida a la muralla. En Charles va treure una clau grossa de la motxilla que duia, la va ficar al pany, va mirar a banda i banda, i va obrir la porta a poc a poc. Van entrar dins d'un espai reduït, fosc, humit. En Max va mirar inquiet el **COMANDANT**, que treia el cap a fora per comprovar que ningú no els hagués vist. Finalment, en Charles va tancar la porta, amb clau. Llavors va encendre una llanterna i en va donar una altra a en Max.

—Allà hi ha una escala —les acabava d'enfocar amb el llum—. Som-hi.

La van baixar i van arribar a un **PASSADÍS** subterrani.

—On va?

—S'endinsa al **BOSC**, nen. És una sortida d'emergència. N'hi ha unes quantes, a Morisville. L'Ajuntament les va construir per si mai calia ***FUGIR***.

En Charles i en Max van caminar força estona pel passadís. De tant en tant havien de girar a l'esquerra o a la dreta, baixar més avall, tornar a anar amunt... A en Max li recordava els passadissos del metro, a ciutat, però molt més estrets i tenebrosos. L'inquietava, però, que contínuament trobaven portes de seguretat que havien d'obrir i tancar amb clau.

—Per què hi són, aquestes portes?

—Algun zombi podria arribar a descobrir i obrir l'entrada d'un túnel. Així s'evita que puguin arribar a Morisville. Però també poden servir per barrar-los el pas si mai envaeixen el poble i cal fer una evacuació.

—Tants n'hi ha?!

—A prop de Morisville, no. Però a les muntanyes del nord, un munt. Per això es diu la ZONA PROHIBIDA. No s'hi pot anar. És molt perillós, nen.

Van continuar endavant sense dir res. Les bombetes febles de les llanternes il·luminaven tènuement el corredor i les ombres dels nois els accentuaven la sensació d'INSEGURETAT, de claustrofòbia, de por. Els passos ressonaven en la foscor freda i humida d'un passadís que semblava interminable però que, per sort, es va acabar.

—Ja hi som —va dir en Charles—. La SORTIDA.

Van pujar les escales i van obrir una escotilla fent girar entre tots dos una mena de volant metàl·lic que anava molt dur. Van sortir a l'exterior. Eren dalt d'un **TURONET** amb un marge a banda i banda, un indret de difícil accés per a un *hobble*. Sota la claror de la lluna plena, en Max es va adonar que, per fora, la porta estava camuflada amb molsa, terra i branques.

En Charles va enfocar amb la llanterna avall.

—Veus aquella carretera?

—Sí.

—Porta al **ZOMBI PARK**. Aquí és on comença la prova.

—Què he de fer?

—Has d'arribar al parc, entrar-hi i tornar en menys de mitja hora. Dóna'm un braç.

—Què?

—Acosta'm un canell.

En Charles li va posar un rellotge amb funció de CRONÒMETRE i trenta minuts marcats.

—Jo en tinc un altre. El posarem en marxa alhora i anirà enrere, així sabrem el temps que et queda. Jo t'esperaré aquí. Si ho aconsegueixes, seràs de la Colla AZ. Si no, res de res. I si trigues més, me n'aniré, d'acord? Té —en Charles li va donar una llanterna i una **clau**—. Hi ha una porta metàl·lica d'accés per al personal del parc a prop de l'entrada principal. És per on hi has d'entrar.

—D'acord, me'n vaig.

—Espera't, **NEN** —en Charles va ficar una mà dins la motxilla i hi va buscar alguna cosa—. Emporta't això, també. Potser ho necessitaràs.

Era una **BALLESTA** manual artesanal que es podia penjar com un clauer i un estoig amb fletxetes de **CINOCURNONES**.

—Ah, m'oblidava d'una cosa molt **important** —va continuar en Charles—. Quan arribis al Zombi Park has d'anar a la Zona d'Atraccions i engegar la sínia. Però només un moment, eh? Des del poble no es veu, però si es posa en marxa massa estona podria cridar l'atenció d'algú altre, i llavors avisarien la policia. És només perquè jo en vegi la llum des d'aquí i sàpiga que realment hi has entrat. Si no ho fas, no serà vàlid.

—No et preocupis, et demostraré que en sóc capaç —va dir, enfadat, en Max, en veure la desconfiança d'en Charles.

—Vés amb compte, nen, val més estar **VIU** que ser de la Colla AZ.

En Max no va dir res.

—Va, posem en marxa el cronòmetre —va ordenar el comandant.

Ho van fer tots dos alhora. En Max es va afanyar a baixar del turó amb la llanterna en una mà. Amb l'altra, es va ficar l'estoig de **CINOCUR** a la butxaca i es va penjar la ballesta al texans amb el clauer. Després va mirar enlaire i va veure com en Charles obria l'escotilla i entrava dins per **amagar-hi** mig cos.

En Max estava sol enmig del **BOSC**, davant d'una CARRETERA de terra de la qual no havia de sortir si no es volia perdre. Es va adonar que el camí ja començava a fer pujada i va pensar que no devia ser gaire lluny de l'altiplà que allotjava les instal·lacions, ara silencioses, del Zombi Park. Es va fixar en la **FRESSA** dels grills, que li va semblar eixordadora; en el munt de mosquits que voletejaven davant la llanterna. Es va posar a caminar. El soroll dels seus passos el posava nerviós perquè se sentien massa enmig de la nit, del bosc tenebrós i ple d'OMBRES. Va enfocar amb la llanterna a banda i banda de la pista forestal, i si bé no hi va veure res d'estrany, va *accelerar el pas.* Tenia poc temps per acomplir la missió i, sobretot, tenia por, molta **POR**, tanta que hi va haver un moment, quan el cor li anava a mil, que va estar punt de fer-se enrere, de desfer el camí que ja havia iniciat. Va haver d'aturar-se per **respirar fons**, per pensar. Es va dir que la por no portava enlloc, que l'única fressa que sentia era la dels grills, que els mosquits picaven però no MOSSEGAVEN, i va continuar endavant. El que no sabia és que les llanternes no tan sols congreguen els mosquits. En aquell bosc i de nit, també atrauen els zombis. Com un far que guia els vaixells en perill de naufragi.

15

EL COMPTE ENRERE

En Max va arribar al Zombi Park de seguida. En va enfocar el MUR, l'entrada principal, el cartell amb el nom del complex lúdico-esportiu. Després, més enllà, va trobar la porta metàl·lica que li havia indicat en Charles.

Però just quan treia la clau de la butxaca va sentir un «CREC» darrere seu, lluny, d'una branca trencada, enmig de la foscor. En Max es va girar i va enfocar el BOSC. Va sentir primer un **esbufec** i després un GEMEC de zombi, però diferent: no era el so allargat i planyívol típic, era com un **RUGIT** de ràbia mesclat amb un **MUGIT** de gana. En Max dirigia la llum de la llanterna d'un arbre a l'altre, però no aconseguia localitzar la bèstia que l'observava. Fins que el feix lluminós va topar amb dos ulls vermells.

—Déu meu —en Max es va posar a **tremolar** com una fulla.

Allà baix, més enllà de l'esplanada d'entrada al Zombi Park, una morta amb vida el mirava. Estava quieta, completament dreta, i ara, a poc a poc, feia els primers passos per sortir de la malesa i anar cap a ell. En Max es va adonar que aquella **ZOMBI** no era com el professor de mates que havien capturat: no caminava com un ànec i no feia cara de ximple. Li va recordar en James Farrall, el plusmarquista zombi mundial, i llavors li va venir al cap l'explicació d'en Biel: «S'ha transformat en un **quickzomb**. Té més gana que abans, ha mutat una mica i té la vista més fina i les cuixes més fortes». I les paraules de la Thaís en dir-li que encara no havien agafat la profe de Medi.

—És... la senyora Camallonga! —va fer en veu baixa el noi mentre una **ESGARRIFANÇA** li recorria el cos.

En Max carrisquejava de dents. Les mans li van començar a suar, i la clau se li va esmunyir del palmell i li va caure a terra. La professora de Medi va grunyir, **FAMÈLICA**. Abans de ser zombi era una dona que menjava amanides per mantenir la línia i crema de pastanaga per posar-se morena, però ara la línia i el sol no li semblaven qüestions prioritàries; ara no deixava de pensar en els seus plats preferits: lasanyes de salmó i carbassó a l'alfàbrega, costelles de xai a la brasa amb allioli i lioneses farcides de mel i mató, però tot plegat amb **FORMA HUMANA**. En Max li va semblar una lionesa gegant, per això va arrencar a córrer, de pressa, per atrapar-lo, amb un fil de bava que li queia per la comissura dels llavis.

En Max, que intuïa la seva condició de **PASTISSET**, es va afanyar a ajupir-se per buscar la clau a terra, la va trobar i es va aixecar. Mentre la introduïa al pany va resar perquè en Charles no s'hagués equivocat de clau ni de porta. Va tenir sort. En Max va fer girar la clau i la va estirar cap a fora per obrir la porta, que no tenia pom. Mentre ho feia, sentia els ESBUFECS FURIOSOS de la **BÈSTIA** cada cop més a prop. El noi va notar que una angoixa terrible creixia dins seu, però no va quedar aturat. Es va ficar dins *ràpidament* i la porta es va tancar de cop darrere seu. En Max va avançar de costat, atordit, va caure a terra, hi va quedar mal assegut, respirant de pressa, i va enfocar la porta amb la llanterna. Al cap d'un segon, va sentir un **CRIT ESGARRIFÓS** de la zombi i el **XOC VIOLENT** del seu cos contra la porta. No sabia si ho havia fet expressament o no, però s'havia clavat una bona patacada. Després, la Camallonga va continuar donant cops forts a la porta, d'allò més enrabiada, mentre a en Max, angoixat, li passava pel cap el sentit d'aquella **AVENTURA**.

Llavors es va sentir un «**CLINC**». En Max s'havia deixat la clau a fora i ara, amb els cops, havia caigut a terra. Hi va haver un moment de SILENCI. Després, la profe de Medi va arrossegar un peu per terra fins a tocar la clau amb la punta de la bota i va **GRUNYIR** encuriosida. Però només va ser una breu treva. De seguida va tornar a escometre la porta donant-hi cops i bramant. En Max va respirar tranquil. Li sonava que els zombis en fase 2 tampoc no eren gaire intel·ligents...

El noi es va enfocar el rellotge de polsera i va veure que li quedaven dinou minuts per posar en marxa la **SÍNIA**, sortir del Zombi Park i retrobar-se amb el Charles. Havia de continuar endavant. Més tard ja pensaria en la manera de fugir d'allà.

La lluna plena il·luminava tènuement el parc. La font de l'entrada, ara adormida, reflectia l'ASTRE. Tot estava en calma. Era una sensació estranya, i segurament, en una altra situació, en Max ho hauria trobat plaent. S'hauria imaginat el fet de tenir tot el parc per a ell, en plena nit. Una passada. Però en ple compte enrere, en Charles desitjant que no aconseguís l'objectiu i una **zombi embogida** esperant-lo fora amb les dents corcades i afilades, el més aconsellable era no aturar-se a pensar en les coses boniques de la vida. En Max va córrer a tota velocitat. Va passar pel costat d'unes quantes atraccions que enmig de la fosca feien més por que il·lusió i va travessar el **PONT** que portava a la gran roda.

Quan hi va arribar, esbufegant, va anar de dret a la caseta de l'atracció. Hi va entrar sense entrebancs perquè la porta era oberta i hi va trobar de seguida el QUADRE DE COMANDAMENT. En va prémer una palanca i tots els botons. Els llums de la sínia es van encendre, es va sentir una música i el mecanisme, a poc a poc, va imprimir moviment a la roda i les cabines. En Charles, que treia el cap per l'escotilla, va veure els colors de la sínia en plena activitat durant trenta

segons. Mentre ho feia, un corrent impetuós de pensament el va fer dubtar. Va barrinar que potser havia estat molt dur amb en Max, que potser no era un noi tan poruc ni maldestre. Es va preguntar si aquella prova era MASSA PERILLOSA, i una veu li va respondre que havia anat massa enllà. Es va posar nerviós.
En canvi, en Max estava més tranquil i convençut que mai de les seves possibilitats. Dins la caseta, va tornar a prémer els botons i la palanca, i la sínia va deixar de funcionar. Va mirar el rellotge de polsera. Quedaven catorze minuts. Va rumiar un pla per fugir: es tractava d'agafar un NINOT de fira, situar-lo a prop de la porta per on havia entrat al parc, en línia recta, amb la seva llanterna a la mà, obrir la porta i amagar-se darrere; la zombi entraria i, en veure el ninot, hi aniria de dret. Mentrestant, ell podria sortir, agafar la clau de terra, tancar la porta amb clau per fora i deixar la Camallonga dins del Zombi Park. I en cas d'**EMERGÈNCIA** tenia la ballesta manual a punt. Perfecte. Després, sense llanterna però sota la claror de la lluna, correria cap al passadís secret on

era en Charles. I no només hi arribaria a temps i es convertiria en membre de ple dret de la Colla AZ, sinó que a més hauria capturat l'antiga professora de Medi. **FANTÀSTIC**.

El noi es va imaginar aclamat a Morisville com un **HEROI** i no es va adonar de la presència d'una ombra titubejant, que s'havia anat acostant a l'atracció atreta per la llum i la música de la sínia. A fora, la professora Camallonga va deixar de donar cops a la porta i va tornar a mirar la clau que hi havia a terra.

En Max va sortir de la caseta. A pocs metres d'ell, un *zombi* silenciós i coix però de cos atlètic, el va veure i el va seguir, al seu pas.

En Max va anar a l'entrada del parc i va entrar a la parada de les fotos. En va treure en **RIKI, EL ZOMBI DE LES XANCLETES**, i una cadira. L'hi va col·locar assegut i, com va poder, li va posar la llanterna a la mà. Mentre ho feia, el zombi robust, després de travessar el **PONT** i de voltar la font, se li va anar acostant per l'esquena. Llavors en Max, astorat, va sentir un **SOROLL** que venia de la porta metàl·lica i la va mirar.

El cervell raquític de la senyora Camallonga havia tingut un *flaix*: s'havia vist un dia obrint la porta de casa amb la clau i dient al seu marit, el profe de mates, que hi passés i deixés tot el contingut del carret d'anar a comprar damunt del marbre de la cuina, i que després ho anés posant tot al seu lloc. Per això ara donava **COPETS** amb la clau a la vora del pany, primer amb la clau al revés i després ben encarada. Fins que la hi va introduir i la va fer girar.

La porta es va obrir. Max i zombi es van mirar; ell, **ESFEREÏT**; ella, **IL·LUSIONADA**.

El noi va treure l'estoig de fletxetes de la butxaca, va agafar la ballesta que li penjava dels texans, la va carregar, va apuntar i va **disparar**. Va fallar. La fletxeta amb **CINOCUR NONES** es va perdre en la foscor. El noi va voler tornar a carregar l'arma, però l'estoig de fletxes li va caure a terra i es va obrir. Es va ajupir i va començar a palpar el paviment per arreplegar-ne alguna. Estava tan atabalat que no va sentir els passos que s'acostaven per darrere, només un GEMEC i un **rot** gairebé a cau d'orella en l'últim instant, just abans que unes mans fermes l'atrapessin i que una boca li **MOSSEGUÉS** un braç.

16

SALVAR LA VIDA

En Max va **CRIDAR** de dolor. Va donar un cop de colze a qui l'estrenyia, li va trepitjar un peu, va agitar els braços i el cul enèrgicament fins a desempallegar-se'n. Quan es va girar, va veure un mort vivent amb roba esportiva que va identificar a l'instant. Era en **TITO SOLÉ**, el millor corredor-esquer de zombis de Morisville, que havia desaparegut diumenge de forma misteriosa després de l'incident amb en James Farrall.

En Max es va moure cap a un costat per apartar-se'n i va mirar cap a la porta. La professora de Medi s'havia quedat parada, sorpresa i espantada per la inesperada irrupció d'un altre zombi que havia estat a punt de prendre-li el **SOPAR**. Però ara que la presa tornava a ser lliure, ella era la que tenia més números per caçar-la.

En Tito, per més atleta que fos, era un **HOBBLE**, i ara no corria gaire més que una tortuga. En canvi, ella, en la fase 2, era una depredadora **ràpida** i **FORTA** capaç d'encalçar qualsevol vianda escapadissa.
De sobte, la zombi va arrencar a córrer i el noi va fer el mateix per salvar la vida. En Max va tornar a la Zona d'Atraccions a tota vela, agafant-se amb la mà el braç esquerre, que li feia **punxades** de dolor. Va passar per la barca, la granota saltadora, els barrils bojos, els cotxes de xoc i els cavallets infantils, i els va posar en marxa per mirar de despistar els perseguidors, però quan es va girar per comprovar si havia tingut sort va veure molt a prop l'**OMBRA** de la Camallonga, que era com un guepard, i molt més enrere, la del Tito Solé, que era com una pena. L'una GEMEGAVA com un mandril, l'altre, com si hagués topat de morros contra un fanal.
Mentrestant, lluny d'allà, en Charles va mirar el rellotge. Només faltaven cinc minuts perquè s'acabés el temps i en Max encara no havia tornat. Llavors va obrir la motxilla, en va agafar una llanterna i la

va encendre per saber si funcionava. Després, en va treure una **BALLESTA** manual carregada.

—Ostres, ostres... què li deu haver passat? —va pensar en veu alta dins del passadís secret.

En Max va passar per la zona de llits elàstics. Els va aprofitar per saltar i impulsar-se. La senyora Camallonga, també, darrere. En Tito Solé, que hi va arribar més tard, va perdre l'equilibri i hi va caure, de costat; el seu cos va rebotar-hi i es va aixecar en l'aire, va tornar a caure, de cul, va tornar a anar **AMUNT** i **avall**, ara de cara, dos cops, fins que hi va quedar estirat; després, va avançar de quatre grapes zombis, es va tornar a posar dret, va arrossegar les cames i va ensopegar amb un matalasset que separava els llits elàstics. Es va clavar una **TROMPADA** contra una columna, per sort entapissada amb una matèria esponjosa, i va continuar GEMEGANT, però de forma diferent, més sentida.

Però la professora de Medi era difícil de despistar i cada cop era més a prop. En Max va anar cap a l'atracció de les olles, la va posar en marxa i va córrer entre les olles giratòries. La Camallonga per fi va **caure** un cop quan estava a punt d'atrapar-lo. Després, quan ja marxava, hi va arribar en Tito, que es va equivocar, es va ficar dins d'una olla i no en sabia sortir.

—***Ueeeeiiiii, ueeeeiiiiii!*** —va cridar repetidament amb la boca molt oberta, la llengua fora i un moc penjant del nas.

El GEMEC volia dir alguna cosa semblant a: «Cordons!»; la boca oberta: «Ai la mare, quin mareig!»; la llengua fora: «Tinc por!». El moc era normal, només indicava que no duia mocador i que era una mica verro. Mentre en Max i la Camallonga corrien un tros més enllà, en Tito va sortir de les olles giravoltant com una **BALDUFA**. El cap li RODAVA tant, veia tantes olles voladores pertot arreu, que al final, quan la inèrcia del cos es va aturar, va gitar.

En Max va posar en marxa les MUNTANYES RUSSES i va pujar a la primera vagoneta. Just quan el trenet sortia, la profe de Medi va saltar a temps per ficar-se a l'última. El noi es va agafar el braç esquerre amb força. La ferida li feia més mal i **SAGNAVA** força. Es va girar en plena pujada. Estava perdut: la Camallonga escalava vagonetes i no tardaria gaire a arribar a la seva. A en Max mai no li havien agradat gaire les muntanyes russes i sempre ho passava molt malament quan el trenet feia la primera pujada, pel que venia després, la impressió de la gran baixada. Però ara li feia més **impressió** la zombi que tenia darrere. Mai abans no havia desitjat tant començar a desplaçar-se vertiginosament pels rails.

Era l'única salvació possible. Al cap d'uns segons es va sentir un «**CREC**» a la via i la primera vagoneta va recuperar l'horitzontalitat. En Max va notar l'aire fresc de les altures, va veure allà baix els llums encesos de les atraccions per on havia passat i en Tito Solé, que tot just ara s'hi acostava **rancallós**. El noi va seure i es va agafar fort a la barra de ferro de la vagoneta. Darrere seu, els **GRUNYITS** de la profe de Medi eren cada cop més a prop, però llavors va venir la baixada,

llarguíssima. En Max va cridar. La Camallonga va GEMEGAR i va sortir volant, però a l'últim moment es va aferrar al tren i va caure dins d'una vagoneta, de cap. Quan en Max va mirar enrere només en va veure les dues cames sobresortint-ne, com dues antenes. Tot seguit va mirar el RELLOTGE, el temps s'havia exhaurit, però va pensar que l'única cosa important era salvar la vida. Després d'unes quantes giragonses, pujades, baixades i espirals, el trenet es va aturar. A baix l'esperava en Tito Solé, tan CARRANC que va ser fàcil d'esquivar. En Max li va donar una empenta i el zombi va caure de cul dins de la segona vagoneta i hi va quedar encallat. El trenet es va tornar a posar en marxa.

La senyora Camallonga, però, era tossuda com una **mula zombi**. Li havien caigut els cabells, les celles i les orelles, però va saltar de la vagoneta i va continuar empaitant en Max, ara una mica coixa.

En Charles, mentrestant, amb l'escotilla entreoberta damunt del cap, contemplava, estupefacte, les llums de colors de les atraccions del parc. No ho entenia de

cap de les maneres. «Caram: o està en perill o s'ha tornat boig i s'ho està passant pipa», va pensar. «Hi he d'anar», va decidir. Però quan ja era dret dalt del **TURONET**, va sentir un munt de gemecs i es va ajupir de cop. Va mirar cap al camí. «Oh, no! Un **RAMAT DE ZOMBIS** que han baixat de les muntanyes! I van cap al Zombi Park!».

17

OPERACIÓ DE RESCAT

—Però com se t'acut fer aquestes coses! —va cridar el pare d'en Charles, **ALARMAT**.

El seu fill, que encara esbufegava de tant que havia corregut pel passadís per tornar al poble i avisar, havia confessat que li havia pres la clau del Zombi Park per fer una **PROVA** a en Max.

—Perdona'm, pare, jo no...

Però en Richard Cummings no es va aturar a escoltar-lo. Amb només una trucada va mobilitzar la Brigada Caçazombis i, al cap de pocs minuts, els CARRERS de Morisville es van omplir de sirenes.

En Max va córrer cap a la porta metàl·lica, l'única escapatòria possible. Va travessar el **PONT** i va arribar a la font de l'entrada. Quan es va girar i va mirar enrere, va veure la professora de Medi anant cap a ell, però lluny. Coixejava bastant, segurament per algun cop fort en una cama. En Max no s'ho podia creure: estava SALVAT. Només havia de sortir per la porta metàl·lica i córrer una mica més, cap al passadís secret. I ho va fer.

Però quan ja era al bell mig de l'ESPLANADA d'entrada al parc, es va quedar pàl·lid. Més enllà, al bosc, li va semblar veure un munt de branques que es movien, tot i que no feia gens de vent. Després, es va adonar que eren els braços d'unes **ombres** sorgides de la foscor. I tot seguit, ja sota la claror de la lluna plena, va distingir les figures poc esveltes d'una vintena de ZOMBIS que arrossegaven els peus directes cap al parc. Quan un d'ells va veure el noi, va fer un ROT sec i contundent per indicar als altres el camí a seguir, i van començar a trotar i a GEMEGAR tots alhora.

En Max es va veure perdut, atrapat al Zombi Park. Va tornar enrere i va entrar un altre cop al complex. Dins, va topar amb la Camallonga de cara, va voltar la font per esquivar-la i va córrer cap a la Zona Infantil.

En Max estava **esgotat** i la ferida del braç li feia cada vegada més mal. Li va semblar que es marejava. A l'exterior del Zombi Park, els cotxes de la **BRIGADA CAÇAZOMBIS** van arribar a l'esplanada just quan el ramat de zombis entrava al parc.

—Són molts! —va exclamar en Richard Cummings.

—Els deu haver atret la llum de les atraccions —va dir en Joseph Cummings.

—Proposo la TÀCTICA DEL NINOT.

—Em sembla bé, som-hi!

En Max no podia caminar més, el dolor del braç era **insuportable**. No sols li feia mal la ferida, notava una sensació estranya dins seu, i suava molt. Tenia molta escalfor a la cara, al cos. Segurament tenia FEBRE. Va decidir amagar-se al teatre infantil, sota l'escenari.

A l'exterior del complex lúdic, els comandos disseminats de **caçazombis** van començar a capturar zombis babaus amb la tàctica del ninot. Però els *quickzombs*, més àgils, no van tornar enrere, sinó que van acabar d'entrar al parc i es van agombolar per **ATACAR** alhora els policies que els seguien.

TÀCTICA DEL NINOT

Estratègia paramilitar, típica de rescat, que consisteix a escampar a la zona d'operacions espantaocells amb rodes, robotitzats, dirigits amb un comandament a distància, que tremolen i emeten un crit de terror d'home o de dona, amb una llanterna a la mà i cara de por, per atraure l'atenció dels zombis més ximples.

Els robots són conduïts al punt concret on un comando espera els zombis amb xarxes metàl·liques, ballestes i arcs amb fletxes de Cinocur, desenrotlladores, fumigadores, paelles, tupins, cassoles, escombres o qualsevol eina útil en la lluita antizombi.

Se n'han comercialitzat diversos models. Els més emprats són aquests:

Model X34P tradicional: camperol indignat amb els ocells, motor de benzina.

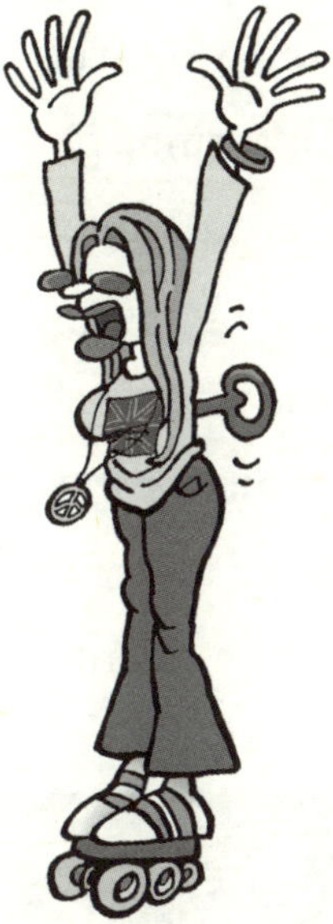

Model Q1Q2 *fashion-school:* professora d'anglès fent callar els alumnes, amb piles AAA o corda.

Model A2B1 *fashion-city:* guàrdia urbana dirigint el trànsit, energia solar o eòlica.

Miquel Àngel Déu Need'O

—Dispareu! —va cridar en Richard Cummings.

Un equip d'arquers els va llançar fletxes amb **CINOCUR NONES**. Tot seguit, va entrar en acció el Grup Especial d'Operacions Zombis (GEOZ), format per agents especialitzats en la lluita cos a cos que duien armilles antizombi, escuts antiavalots i una **PAELLA** de 32 cm de diàmetre. Els GEOZ van escometre els morts vivents, la majoria dels quals ja tenien les extremitats mig adormides. Els cops de paella al cap es van anar multiplicant i els zombis van anar caient a

terra. Només se'n van escapolir tres, cap a la Zona d'Atraccions. Eren zombis lúcids, propers a la fase 3, prou intel·ligents per intuir que no se'n sortien i que el millor era **fugir**.

Entre «**clonc!**» i «**CLONC!**» de paella, en Joseph Cummings va girar el cap i va mirar al lluny, cap a la Zona Infantil. Llavors va distingir, sota la claror de la lluna plena, una ombra difuminada i ranca que es perdia en la foscor.

—Richard! Em sembla que n'he vist un, allà baix...

—Vols dir?

En Max es va arronsar de fred. **Tremolava** molt, ara. Va tancar els ulls. Es va veure ell mateix a ciutat, amb els seus amics de sempre, els avis, els pares i l'Hèrcules. Es deien adéu amb la mà. En Max, tot sol, marxava carrer amunt. En girar a la cantonada la **CIUTAT** es convertia en un **BOSC**, la calçada en un camí de pedres. Al fons, hi havia les muralles de Morisville, i a la porta l'esperaven la Thaís i en Biel, amoïnats.

El noi no es va adonar que la profe de Medi arribava al teatre infantil, atreta per la seva olor. En recórrer l'escenari, els seus passos van RESSONAR molt, més encara en trepitjar la trapa metàl·lica per on havia baixat en Max.

La Camallonga va mirar a terra i va veure l'anella que servia per obrir-la. Es va ajupir, hi va ficar el dit i va obrir la trapa. En Max era allà, arraulit. Per fi, ja el tenia. Va fer un GEMEC de triomf i li va caure de la boca l'equivalent a mig got de saliva. Va allargar el braç per atrapar-lo.

—Quieta!

En Richard Cummings va **DISPARAR** amb la ballesta i li va encertar el braç. La Camallonga el va enretirar. Llavors en Joseph Cummings se li va llançar damunt i la va subjectar.

—Posa-li el morrió, afanyat! —va cridar.

En Richard li va col·locar un ZOMBIBOC i, entre tots dos, la van lligar de mans i peus. Després van baixar per la trapa.

—Déu meu, l'han MOSSEGAT...

—Li hem de posar **ZOMBITROMBINA 7** perquè no se li escampi la infecció! —va exclamar en Joseph.

—Massa tard. No és una ferida gaire profunda, però ja fa estona que li han fet. El **VIRUS** ja li deu córrer per tot el cos.

En Joseph va esbufegar, abatut, i va mirar la Camallonga, que es recargolava amb **RÀBIA**.

—Almenys l'hem pogut capturar, era molt perillosa...

Van traslladar en Max a l'hospital de Morisville en una ambulància i, a poc a poc, van anar ficant els zombis capturats en furgons policials per traslladar-los al Centre de Reciclatge. Els policies van anar apagant les

atraccions en funcionament a mesura que inspeccionaven el parc. Quan van arribar a les MUNTANYES RUSSES van sentir «**IEEEEEEH!**», un crit-gemec allargassat de patiment que venia de les altures. Van mirar enlaire: el trenet circulava a tota vela sota la lluna plena i el cap d'un zombi anava d'una banda a l'altra, com un NINOT. Quan els vagons van arribar al final del recorregut, van aturar l'atracció.

—És en Tito Solé! —van cridar emocionats alguns GEOZ.

I sí, era ell, però zombi, i més BLANC i **atuït** del que és normal en un caminant.

18

SI ET MOSSEGA UN LLOP

El TELÈFON va sonar en plena nit a casa dels Rigau. La Cinta va quedar blanca en saber el que havia passat. Abans de penjar, va demanar parlar amb el metge responsable d'en Max. Després, va despertar en Joan, que dormia profundament.

—Però, què passa? —l'home es vestia de pressa per anar a l'hospital.

—En Max va quedar ahir a la nit per fer una excursió amb llanternes. Diuen que es van trobar un LLOP i que el va MOSSEGAR, però estigues tranquil, m'han dit que està bé.

En arribar a l'hospital, van trobar en Max estirat en un llit. Dormia.

—Li hem fet baixar la FEBRE —va dir una infermera—. Està tranquil. No han de patir.

—Febre?! Una mossegada de llop fa venir febre? —en Joan no parava d'**arrufar el nas com un conill**; les ulleres li anaven **AMUNT** i **avall** a gran velocitat.

La infermera el va mirar amb estranyesa abans de desaparèixer darrere la porta.

—Ja es trobava malament, ahir —va dir la Cinta—. No deu tenir-hi res a veure, Joan.

Al cap d'uns instants, va venir el metge i els va dur a un despatx.

—La **MOSSEGADA** està desinfectada, neta —va explicar el doctor Montsalvatge—. En aquest sentit, no hi ha cap perill. El problema és que les queixalades de zomb..., mmm, de llop —va rectificar en veure la mirada severa de la Cinta— requereixen que el pacient estigui en estat d'observació durant moltes hores. L'haurem de tenir ingressat uns dies, i després l'haurem de portar al **CENTRE DE RECICLATGE**.

—El Centre de Reciquè?! —va preguntar en Joan.

La Cinta va adreçar una **GANYOTA** al metge, que va arquejar les celles.

—Bé..., és un hospital de muntanya, especialitzat en mossegades de llops i altres bèsties.

—Ah, sí que estan avançats vostès —va comentar en Joan—. Però de veritat caldrà portar-l'hi? Tan **GREU** està?

—No, senyor Rigau, de cap manera —el doctor va somriure—. Només hi anirà si cal. De fet, el Centre és com una mena de **BALNEARI**, daixò... per acabar de fer net!

El metge va riure. En Joan també, amb ell. La Cinta, no. Tots tres van sortir del despatx.

—No es preocupi —li va repetir un quants cops el metge—. Tot va bé —van entrar a l'habitació d'en Max—. Vostè faci-li companyia i tranquil, que ho tenim controlat —el va fer seure en una cadira al costat del llit. La Cinta va fer un SENYAL al doctor Montsalvatge, que va marxar de l'habitació.

—Me'n vaig al lavabo, ara vinc —va dir ella al cap d'uns segons.

La Cinta va tornar al despatx del doctor, que l'esperava, seriós.

Capítol 18

—El seu marit ho hauria de saber. És impossible amagar la REALITAT ZOMBI.

—Ho he d'intentar. Si no, li agafarà un tropell i també l'hauran d'ingressar!

El metge va assentir davant la determinació de la dona.

—Quina és la situació?

—Molt delicada. Sincerament: **HORRIBLE**. Ho sento però quan un zombi et mossega t'hi converteixes. Poden passar segons, hores o dies, però al final... i llavors l'haurem de traslladar al Centre de Reciclatge. No hi ha res a fer.

La Cinta va fer un *sospir*. El doctor va callar un instant abans de continuar:

—Per això li deia allò del seu marit. Valdria més que l'anés preparant per saber la VERITAT.

Al cap d'unes hores es va fer de dia. Quan la Thaís, en Biel, la Paula i en Charles van coincidir a l'escola tothom ja en sabia la notícia. La directora els va donar permís per anar a veure en Max a l'hospital.

—Però com és que vas fer això?! —va tornar a recriminar la Thaís a en Charles, mentre hi anaven.
—Pobre Max —es va limitar a dir la Paula.
—Et vas passar —va comentar en Biel.
—Em sap molt de greu, ja us ho he dit! Em vaig **equivocar!**
En Charles estava capficat, nerviós, trist, se'n sentia culpable. Ningú no va dir res més. Quan van entrar a l'habitació de l'hospital, van saludar els pares amb un posat **moix**. La Cinta estava abatuda. En Joan, no tant.
—Ens han dit que només és una **MOSSEGADA** de *llop*, i no gaire greu, no passa res —va dir en Joan als nois, somrient, per tranquil·litzar-los.
Ells van fer que sí amb el cap, menys en Biel.
—No és de llop, és de **ZOMBI**.
En Joan es va posar seriós.
—Què?
—Joan! —va intervenir-hi la Cinta—. Ja saps que a Morisville parlen de zombis com els barrufets parlen de *barrufar*, home! No te'n recordes?! —el va renyar.

—Ah, sí, sí, i tant! —va fer, reflexiu, i va estirar el fil del somriure que li acabava de marxar.

Els membres de la Colla AZ també van somriure sense saber ben bé per què. Després, es van girar i es van acostar al llit per observar en Max. Gairebé no respirava. Era just el que solia passar a tota persona abans de **convertir-se** en zombi: semblaven morts, però no ho estaven del tot.

Al cap d'una hora els nois i noies de la Colla van tornar a l'escola, DESOLATS. A mig matí, en Joan va sortir al passadís de l'hospital i va veure una pila de diaris. Va agafar un exemplar de *La Veu de Morisville*, en va mirar la portada i va entrar *corrents* a l'habitació.

—Mira, Cinta! Has vist aquesta notícia? Què vol dir que van capturar la professora Camallonga? I qui és en Tito Solé? Aquí diu que un zombi l'havia **MOSSEGAT** i s'hi havia **CONVERTIT**.

La Cinta li va prendre el diari de les mans i el va llegir. S'hi explicava que la policia havia trobat l'amagatall d'en Tito Solé al mateix **ZOMBÍDROM**. Allò confirmava la hipòtesi que, diumenge, durant l'entrenament, en James Farrall havia clavat una bona queixalada al conegut ***corredor-esquer***, que no havia volgut que se sabés perquè confiava que al final no s'hi convertiria.

—Em costa entendre la gent d'aquest **POBLE** —va confessar en Joan.

—I a mi —va respondre ella—, però tant se val, parlen a la seva manera, aquí. No hi donis més voltes.

L'home va assentir. Ella es va endur el diari i el va tornar a deixar a la pila del passadís.

Al llarg del dia es van anar succeint les visites de veïns i coneguts.

—Em sap molt greu, de veritat, que l'hagi mossegat un zombi —venia a dir tothom.

I en Joan els corregia amablement:

—Un llop, l'ha mossegat un **LLOP**.

La gent callava i el mirava amb la boca oberta.

—Quan es despertarà? —va preguntar la Cinta a la Teresa, en privat.

—Va com va, això depèn de la persona...

Al cap de vint-i-quatre hores, la Cinta va veure que en Max **bellugava** el dit d'una mà. Estava sola. En Joan era a casa. Després d'insistir-hi molt, l'havia convençut que hi anés per descansar.

La Cinta va cridar la infermera, que va **ENCADENAR** en Max al llit i va deixar un Zombiboc damunt d'un prestatge. Després, va entrar-hi el doctor Montsalvatge.

—Ha vingut un furgó de la **POLICIA** per dur-lo al Centre de Reciclatge —va dir.

Es van esperar una estona llarga, durant la qual en Max va bellugar un altre dit, la mà sencera, un braç, un peu, el cap. Al final, tot i que va costar, va obrir els ulls, però tenia la **MIRADA PERDUDA**, fixada en una paret blanca, i el cos rígid.

La Cinta, el doctor i la infermera el van observar en silenci, expectants. Desitjaven que algun gest, un so, un senyal els tragués de la **incertesa**, perquè en aquell moment no sabien si el noi que hi havia davant seu era en Max o algú molt **PERILLÓS** que s'hi assemblava.

FI... DE LA SEGONA AVENTURA.

BIBLIOGRAFIA SECRETA ZOMBI*

BASALTO, JOHN. *El gran llibre dels caçapapallones.* 13a edició. Edimburg: Editorial La Dissort, 2011.

DÉU NEED'O, MIQUEL ÀNGEL. *Guia pràctica per atrapar zombis curtets.* 4a edició. Barruera: Publicacions del Mausoleu, 2008.

La Veu de Morisville. Diari gratuït del poble.

PIEMONTESE, LUCA. *El poltre, el plint i l'eixerit que els va descobrir.* 20a edició. Pisa: Edicions Catacrac, 2007.

RARETTI, ANDREU. «Així es fan servir les paelles». A: *L'armeria és a casa.* 7a reimpressió. Springfield (Illinois): Publicacions del Mànec de la Paella, 2009.

STEEL OLANO, JACK. *El llenguatge dels zombis. Amb exercicis pràctics autocorrectius.* Roda de Ter: Edicions del Clot, 1997.

TALLAT, JOSEP. *Per què els zombis no han de planxar.* Benidorm: Editorial El Borinot, 2010.

* Aquestes publicacions no es troben ni a les biblioteques ni per internet. Són absolutament secretes. Només hi poden accedir persones que formin part de l'anomenat Cercle Zombi, una organització secreta que inclou agents secrets, científics i especialistes en la qüestió zombi, així com familiars, amics i coneguts dels morts vivents.

ÍNDEX

La mejor nunca te olvidare TKM

Aitana

Te echaré en falta!!!

AMI

Para mi princesa, Tania. Nunca te olvidare. Beki

Willy

tkm!

Numca te olvidare

Bessa! xxx

De tu amigo

Yerey

que te lo passes bien en el verano.

Que te lo pases genial guapisima

:)

Paula

Para mi amiga ~~ni~~ topmodel.

Andrea

De tu friend

Luchiboni Friends forever! TKM

Pa' la Tània de Alejo

Alejo. Wapa

Prexx!! Beduerio

MIS BEFFOS!

Eker 2 ♡

Adrian. G

pon te lentejas y no vesas nada

Ivan TKM hijita adoptiva :)

Milena Para mi sister. Que haria sin ti? TKmogollon ♡ amorcito Delfinita

Dionabra

buah lo que emos pasado pelea, tonteria, buenos momento eres la mejor!! BFF ♡

Marta

Hemos pasado nuestras peleas pero igualmente siempre hemos seguido siendo amigas TKM! ♡ Guapa!

Anna B

"Sisters 4ever ∞!"

"Pjex!"

Never say never!

Dani

Espero q el destino nos vuelva a encontrar. Friend <3

Sergi

Mucha suerte con los estudios y felices vacaciones

ZOMBI PARK
ZONA ESPORTIVA
ZOMBI STADIUM
B
A
FOOD FOOT
WC
SALOON
ZONA TEMÀTICA
ESTANY
ZONA INFANTIL